다크 아이즈

차례

다크아이즈

1. 허공에 심은 눈 008
2. 어둠에 잘린 눈동자 039
3. 눈먼 방랑자 061
4. 미완의 데칼코마니 097
5. 빛의 레퀴엠 133
6. 그림자의 그림자 153
7. 절름발이 마스터 188

에필로그

차가운 햇살의 시간

218

In to the DARK EYES / 이인길 242

작가의 말
도서 소개

Очи чёрные*

1. Очи чёрные, очи страстные,
Очи жгучие и прекрасные!
Как люблю я вас, как боюсь я вас!
Знать, увидел вас я в недобрый час!

2. Ох, недаром вы глубины темней!
Вижу траур в вас по душе моей,
Вижу пламя в вас я победное:
Сожжено на нём сердце бедное.

3. Но не грустен я, не печален я,
Утешительна мне судьба моя:
Всё, что лучшего в жизни Бог дал нам,
В жертву отдал я огневым глазам!

---

* '검은 눈동자', 러시아 집시들을 통해 구전된 전통 민요

1. 검은 눈이여, 정염의 눈이여,
불타오르는 아름다운 눈동자!
당신을 얼마나 사랑하는지, 얼마나 두려워하는지!
분명, 불운한 시간에 당신을 봤어요!

2. 아, 당신의 눈은 심연보다 더 깊어!
내 영혼을 위한 애도를 그 안에서 봅니다,
승리의 불꽃을 당신 안에서 봅니다:
그 불꽃 속에 불쌍한 내 마음이 타버렸네.

3. 하지만 난 슬프지 않아, 비통하지 않아,
내 운명은 내게 위안을 주죠:
하나님께서 우리에게 주신 인생 최고의 선물,
그것을 불타는 눈에 제물로 바쳤어요!

다크 아이즈

장편소설

1
허공에 심은 눈

 자정을 알리는 괘종시계가 밤을 가른다. 시계 초침은 재깍거리며 시간을 조각낸다. 내 머릿속도 그렇게 분절되고 있을까?
 파가니니의 '라 캄파넬라(La Campanella)'가 거실을 울린다. 2년 만에 들어보는 휴대전화 벨 소리다. 남편이 전화를 건 것이다. 음울한 바이올린 음이 밤을 휘저어 시간을 일그러뜨린다. 나는 받지 않았다.
 발코니에서 밀려온 바람이 뺨을 가볍게 두드린다. 여름이 끝나 가지만, 아직 습하다. 이마에 맺힌 땀방울이 마르지 않는다. 나는 발코니를 마주 보는 책상 앞에 앉아 있다.

내게 열린 세계는 앞에 놓인 노트북뿐이다.

조명은 모두 꺼졌겠지? 하늘이 맑아서 보름달이 선명한 빛을 뿜어낼 거야. 자판을 두드리는 손가락들은 흐르는 달빛에 젖어 있겠지. 노트북에서 흘러나오는 빛이 내 얼굴을 무의미하게 적실 거야. 춤추듯 유연한 손놀림은 얼마나 몽환적일까.

하지만 나는 그 어떤 것도 볼 수 없다.

볼 수는 없지만, 마음속에 그리기는 쉬운 일이다. 태어날 때부터 시각장애가 있었던 건 아니니까. 나는 2년 전에 실명했다. 그전에는 무엇을 했던가. 성공한 소설가? 하지만 그에 앞서 콘트라베이스 주자였다. 바이올린으로 시작했으나 나와 맞지 않았다. 그러다가 호기심에 첼로를 그러안아 보았다. 그것 역시 내 마음을 채우지는 못했다. 결국, 가장 낮고 깊은 음역을 담은 콘트라베이스에서 진정한 소리를 찾았다.

어머니는 내가 세계적인 바이올리니스트가 되기를 바랐다. 오스트리아로 유학을 떠날 때까지도 나는 바이올린을 놓지 않았다. 하지만 귀에 밀착해 파고드는 바이올린의 고음은 음악이 아닌 통증으로 다가왔다. 나를 구원한 건 콘트라베이스였다.

현이 울리는 음이 낮을수록 내 음악 세계는 무한히 확장되었다. 묵직한 선율은 나를 안정시키면서도 동시에 내면의 흥분을 일깨웠다. 흑단색으로 깊고 짙게 빛나는 그 음색은 매혹적이었다. 그러한 모습은 그림처럼 펼쳐지는 것이어서 마치 눈빛으로 연주하는 느낌을 주었다. 빛 한 점 닿지 않는 심해에서 생물들이 펼치는 우아한 몸짓과도 같았다. 낮지만 멀리 뻗는 것, 그 울림만큼 강인하고 아름다운 것은 없었다.

귀국한 뒤에는 서울 시향(市響) 제1 베이스 주자 자리를 차지했다. 그렇게 2년간 활동했다. 마음속에는 항상 교향곡이 흘렀고 지휘자의 손놀림이 눈앞에 어른거렸다. 그런데 어느 날, 그 교향곡이 불협화음을 냈다. 이상한 꿈을 꾼 날이었다. 검은 잉크 같은 바닷물이 출렁이며 시커먼 하늘을 삼키려 했다. 낮과 밤의 경계가 모호한 시간이었다. 갑자기 하늘에 실핏줄 같은 번개가 내리치더니 바다가 두 갈래로 갈라졌다. 그 틈새로 내가 연주했던 모든 선율이 음표로 변해 솟아올랐다. 검은 하늘까지 닿았다가 쏟아져 내리는 순간, 그것들은 더는 음표가 아니었다. 무엇인지 정확히 볼 수는 없었다. 구불구불하기도 하고 각지거나 둥근 것들이 나무 잔가지나 낙엽을 연상시켰다. 잠에서 깬 뒤

침대에 걸터앉아 시간을 흘려보냈다. 넋이 나간 듯 꿈 기운을 떨칠 수 없었다. 꿈에서 떨어져 내린 것은 무엇일까.

그날 저녁엔 시향의 정기연주회가 있었다. 마지막 프로그램이 베토벤 교향곡 9번 4악장이었고, 그 사실을 떠올리자, 가슴에 이상한 감정이 들어찼다. 연주회가 있는 날이면 적당히 긴장되고 설렜지만, 그날은 그렇지 않았다. 무대에 오르며 왠지 모를 낯섦을 느꼈다. 무언가가 몸에서 스르르 빠져나가고 있었다. 결국, 내 연주는 혼이 담기지 않은 밋밋한 연주가 되어버렸다. 지휘자가 눈총을 여러 번 주었지만, 집중할 수 없었다. 마지막 프로그램을 앞두었을 때, 나는 한없이 깊은 어둠 속에 침잠하는 기분이었다. 겨우 활을 들고 지휘자를 힘없이 바라보았다. 그러고는 기계적인 연주에 임했다. 곧이어 주제 선율이 시작되는 부분에 이르렀다. 베이스 파트가 선두에 선다. 거의 들릴 듯 말 듯 연주하는 게 중요하다. 나는 갑자기 그 위대한 작곡가가 그랬던 것처럼 귀가 먹은 듯, 내 악기에서 울리는 음을 들을 수 없었다. 내가 깨어 있는 것인지, 아니면 잠든 것인지도 구분되지 않았다. 바이올린과 관악기가 이어받아 고조될수록 나는 까마득히 멀어지고 작아지는 것이었다. 마침내 내가 완전히 사라진 것 같은 기분에 빠졌을 때, 베이스

독창자의 서창(敍唱)이 들렸다.

O Freunde, nicht diese Töne!
(오, 벗들이여 이 소리가 아니라오!)

순간, 나는 따귀라도 맞은 듯 깨어났다. 이어 합창을 시작하자 무대가 바다처럼 출렁였다. 그 위로 울리는 합창은 수많은 낱말로 변해 꿈속에서 보았던 장면처럼 쏟아져 내렸다. 언어의 환희를 보며 깨달았다. 그 무대가 내 연주의 마지막임을….

내가 원하는 것은 더 묵직한 것이었다. 콘트라베이스의 저음으로도 표현할 수 없는 그 무엇이었다. 나는 며칠에 걸쳐 고뇌한 뒤에야 차분해질 수 있었다. 그리고 완벽한 이완에 놓였다. 마음속에 강박적으로 흐르던 교향곡이 사라지는 순간이었다. 가슴 한구석에서 인간의 청력으로는 감지할 수 없는 저음들이 울리기 시작했다. 나는 그것을 글로 표현했다.

앞을 보지 못하는 내게도 시간의 흐름이 있을까. 그것은 중요하지 않다. 시간이란 관념은 타인과의 관계에서 의미를 지닌다. 나는 철저히 고립되었다. 낮과 밤이 반복되어도 시간은 쌓이지 않았다. 향할 것은 과거뿐이다. 현재라는 뱃머리는 미래를 향해 물살을 가르지 못한다. 아득한 심연에 흩어진 기억을 삿대로 건져 올려 별빛 아래 펼쳐놓는다. 그것이 내가 할 수 있는 모든 것, 글쓰기다.

실명한 뒤로 시간에 대한 감각은 나만의 세계를 완성했다. 무의식 속에 돌아가는 시계는 무겁게 시곗바늘을 돌렸다. 1분 1초라도 허비하지 않고 싶었다. 실루엣 같은 그 세계는 오히려 현실의 시간을 마비시켰다. 밀도 높고 촘촘한 내면이 그것을 타고 확장되었다. 그 속에서 미물 같은 낱말들이 유영했다.

소리에 대한 감각은 어떤가. 나는 실명한 뒤에야 깨달은 사실이 있다. 시각은 인간이 가진 다섯 감각 중 가장 멀리 있는 대상을 느낄 수 있지만, 충분히 밝은 곳이어야 한다. 그와 달리 귀는 늘 일정한 범위의 소리를 듣는다. 아침마다 지저귀는 새들의 소리, 풀벌레 소리, 바람이 창문을 훑는 간지러운 소리, 저 멀리 거리에서 들려오는 사람의 목소리…. 이런 소리가 내 시계의 태엽을 감는다. 그 시계는 하루를 단위로 순환하지 않는다. 내게 하루는 사나흘이 될 수도 있고 몇 달이 될 수도 있다. 반대로 몇 시간, 몇 초에 불과할 때도 있다. 그것이 시각장애인의 삶이다.

오늘 밤, 그 시계가 더디게 돌아가고 있다. 시곗바늘들이 자기장에 저항하듯 덜컥인다. 2년 만에 처음으로 미래라는 허상이 내 앞에 놓였다. 내면의 세계가 이지러지고, 완벽한 흐름 속에 리듬을 탔던 생각들이 흩어진다.

나는 다시 앞을 보게 된다. 각막 기증자가 나타났다. 내일 수술을 받고 눈을 떴을 때, 나는 그 정교하지 못하고 복잡하며 제대로 규정되지 않은 현실을 받아들여야 한다. 2년간 걸어왔던 암흑의 터널은 끝난다. 그곳을 벗어나면 따뜻할까? 더 자유로울까? 희미한 햇살을 머금은 터널 소실점이 눈앞이다. 한 발짝만 내디디면 닿을 거리에서 알 수 없는 불안에 잠긴다.

수술받기를 망설이기까지 했다. 다시 세상을 보게 된다면, 환한 빛 속에 놓인 공간 하나하나, 사람들 한 명 한 명을 마주하며 다시 그 욕망에 휩쓸리지 않을까. 그렇게 되살아난 욕망이 나를 어디로 이끌지 두렵다. 지난 2년 동안 잠들었던 그 세계는 어떤 모습으로 깨어날까. 이런 생각이 나를 회갈색 벌판으로 이끈다.

손을 뻗어 책상 위에 놓인 병을 집어 든다. 꿀렁거리며 쏟아지는 와인은 글라스의 반을 채운다. 보지 못해도 알 수 있다. 글라스에 울리는 소리의 변화만으로도 얼마든지 정확히 따를 수 있다. 그녀를 만난 뒤로 한동안 레드 와인에 손대기 시작했다. 강렬한 색깔은 머릿속을 먼저 마비시켰다. 마음은 붉은빛에 젖고 그녀를 품은 듯한 흥분이 일었다.

그녀를 처음 만났던 때를 떠올리는 것은 고통스러운 일이다. 정확히 말하면 두 번째로 만났을 때였다. 그것을 떠올려 본다. 마치 조금 전에 봤기라도 한 것처럼 그녀의 첫인상이 생생히 그려진다. 그 모습에서 풍겼던 기묘한 느낌을 생각하면 아직도 가슴이 두근거린다.

그날, 출판사를 찾아가다가 길을 헤맸다. 좁은 골목에 차가 아무렇게나 주차되어 있었기에 운전하기가 까다로웠다. 눈이 녹고 있는 길은 미끄러웠다. 정차한 검은색 밴 옆을 지나가려는데 앞에서 그녀가 갑자기 튀어나왔다. 마치 일부러 그런 것이기라도 하듯 어색한 행동이었다. 내 차가 그녀를 살짝 친 것 같았다. 차에서 내려 그녀에게 다가갔다. 그녀는 마스크를 쓰고 있었고 얼굴을 가린 머리카락 사이로 당황한 눈빛을 보냈다. 병원에 가보자고 했지만, 그녀는 고개를 가로저었다. 나는 명함을 건네며 혹시라도 문제가 있으면 연락하라고 했다. 그녀는 그것을 받아 쥐고 종종걸음으로 골목을 빠져나갔다.

일주일이 흐른 뒤, 그녀가 내 집에 찾아왔다. 주소를 어떻게 알았는지 알 수 없었다. 나는 그녀를 집에 들이고 차를 끓였다. 그녀는 내가 쓴 책을 내밀며 사인을 부탁했다. 진심으로 존경하는 작가를 만나게 되어 기쁘다고 했다. 나는 차를 한 모금 입에 넣고 그녀의 얼굴을 들여다보았다. 굉장한 미인이었다. 나는 한동안 넋 나간 사람처럼 말을 꺼내지 못했다. 처음 마주쳤을 때와 전혀 다른 모습이었기에 같은 사람이라는 생각이 들지 않았다. 다소 홀쭉한 몸매에 키는 160센티미터 남짓했고 이마가 반들거렸다. 뺨은 유리처럼 투명했다. 가지런한 주름이 세로로 새겨진 입술은 애벌레처럼 꿈틀거렸다. 두려운 느낌이 들기도 했다. 독을 가득 품은 애벌레, 누군가 그것에 입술을 대면 파랗게 물들였다가 검게 태워버릴 듯한 입술이었다. 그러나 그녀의 인상을 결정짓는 것은 단연 눈이었다. 오른쪽은 안대를 하고 있었기에 한쪽 눈만 관찰할 수 있었는데, 그것만으로도 압도하는 힘이 넘쳤다. 검고 그윽하며 모든 것을 빨아들일 것 같은 눈이었다. 서클렌즈인가? 하지만 그 의심은 곧 사라졌다. 홍채는 그 어떤 인공적인 느낌도 피우지 않았다.

동공이 생명체처럼 숨을 쉬는 것 같았다. 그녀의 눈은 차가운 햇살을 흡수해 더 맑은 눈빛을 뿜는 듯했다. 살아 있다. 정말 살아 있는 눈이구나. 나는 거듭 탄복했다.

그녀는 거실을 둘러보다가 장식장 앞으로 다가갔다.

"스트라디바리우스 아닌가요?"

"알아보는군요. 제 딸아이가 켜는 바이올린이에요."

그녀는 자신도 바이올리니스트라며 한번 연주해 봐도 되느냐고 물었다. 나는 허락했다. 그녀는 잠시 조율하는가 싶더니 바로 활을 놀렸다. 파가니니의 곡을 능숙하게 켰다. 연주는 냉혹한 면이 있었고 그녀의 얼굴엔 선명한 핏기가 돌았다. 활이 마치 요리사의 칼이라도 되는 듯 그 음들을 하나하나 가르며 정확성을 더했다. 모든 것이 매혹적이었다. 그녀는 팔을 멈추고 바이올린을 다시 올려놓았다. 나는 그녀에게 말했다.

"훌륭한 솜씨군요. 유학은 어디로 다녀왔나요? 아참, 내가 이름도 묻지 않았네."

그녀는 '이해든'이라고 자신의 이름을 밝힌 뒤, 러시아에서 공부했다고 답했다. 흔한 이름이 아니었는데 낯설지 않은 느낌이 들었다. 마침, 그녀는 일자리가 없는 것 같았고 나는 주저 없이 내 딸의 가정교사 자리를 부탁했다.

그녀가 오는 날이면 나는 거의 집에 머물렀다. 그녀가 뿌리는 눈빛은 마치 향을 담은 장밋빛 같아서 집 안을 적잖이 흥분시켰다. 그녀의 눈은 어두운 곳에서 더 빛났다. 입술과 얼굴이 회색빛에 잠기면, 눈이 잔잔히 타오르는 것 같았다. 하지만 밤하늘을 가르며 타오르다 사라질 불꽃처럼 쓸쓸함이 배어 있기도 했다. 나는 그녀가 안대를 걷었을 때 완성될 두 눈의 조화를 상상했다.

글라스를 코에 대고 숨을 깊숙이 들이쉰다. 상큼한 향이 허파에 파고든다. 입에 와인을 흘려 넣은 뒤 혀를 굴린다. 혀를 마비시킬 정도로 감미롭다. 눈이 먼 뒤로 한동안 냄새의 감옥에서 벗어나지 못했다. 보는 것과 듣는 것은 눈을 감고 귀를 닫으면 되지만, 냄새는 그렇지 않았다. 내 몸은 물론, 입고 있는 옷, 방과 거실, 정원까지 공간마다 냄새가 나뉘어 켜켜이 쌓여 있었다. 비라도 내리면 그것은 더 짙은 자극을 싣고 다가왔다.

어쩌면 내 귀는 무의식적으로 소리에 둔감해졌을지도 모른다. 기껏해야 콘트라베이스의 저음을 담을 뿐이었다. 그것보다 낮은 저음도 들리는 듯했는데, 단지 마음속으로 느낀 것일지도 몰랐다. 그런데 코는 달랐다. 후각은 시각이라는 거대한 감각 앞에 왜곡될 수밖에 없는 것일까. 붉은 장미를 보면 왠지 고운 향이 날 거라는 착각을 하게 된다. 하지만 보이지 않는 세계에서의 후각은 더 사실에 가까운 정보를 전해 준다.

레드 와인은 눈으로도 품질을 파악할 수 있다. 좋은 재료로 잘 익힐수록 사람의 피와 같은 색깔을 가진다. 사람들은 그것의 향을 맡기도 전에 도취하고 흥분한다. 그렇게 눈으로 취해버리면 그윽한 그 향을 반밖에 못 느낀다. 진정한 와인 맛을 느끼고 싶다면 눈을 감고 음미하는 수밖에 없다. 눈먼 자의 축복은 이런 것이리라.

잃어버린 감각을 되찾는 것은 그 감각을 잃던 순간만큼이나 혼란스럽다. 시각, 즉 앞을 본다는 건 매우 큰 자극을 준다. 이것은 거의 모든 것을 지배하며 다른 감각을 왜소하게 한다. 앞을 다시 보게 되는 순간, 내 귀와 코는 그늘 속으로 슬그머니 물러날지도 모른다.

그녀는 특이한 향을 지니고 있었다. 그녀와 함께 있는 동안 나는 그게 무슨 향인지 알지 못했다. 아니다. 어쩌면 그것을 못 느꼈을지도 모른다. 시각을 잃은 뒤에야 그늘처럼 은밀하게 풍겼던 그 향의 정체를 인지했다. 어린아이 살결의 체취 같기도 하고 성숙한 여인의 젖내 같기도 했다. 순수와 농염이 섞인 향이었다.

　마침내 그녀가 안대를 풀었을 때였다. 그녀의 두 눈을 바라보자 나는 목이 얼어붙었다. 심장이 한없이 고동쳤다. 농밀해진 향이 그녀의 눈에서 흘러나오는 듯했다. 그것은 증류수로 적신 듯 맑게 빛났고, 동공은 갓 내려 뽑은 원두커피처럼 고왔다. 시원스레 터진 두 눈 사이는 풍족함을 주었고, 눈 위에 얹힌 눈썹은 동양화처럼 정갈했다. 미소 짓기라도 하면 더 깊은 매혹을 뿜었다. 눈 밑이 살짝 도드라지는 맵시가 생기를 더했다. 눈을 깜빡일 때마다 깊고 선명한, 하지만 자연스러워 보이는 쌍꺼풀이 한동안 눈망울과 겹쳐서 보였고, 주위의 모든 기운이 그 눈 속에 빨려 들어가는 것이었다. 한쪽 눈을 더 보여줬을 뿐인데도 인상이 완전히 달라졌다. 나는 마법에 빠진 듯 어지러웠다. 깊숙이 사로잡히고 말았다.

　이제 내 주변은 허공으로 변했다. 그것에 심어진 두 눈이 내 공간을 지배했다. 그녀를 똑바로 바라보기 어려웠고 가까이 있기만 해도 까닭 모를 두려움이 솟았다.

　그것이 질투로 이어지지는 않았다. 마음속에 일고 있는 것은 '소유'에 대한 욕망이었다. 그녀와 같은 눈을 가질 수만 있다면 어떤 짓이라도 하고 싶었다. 그러지 못한다면 그녀의 눈을 아무도 볼 수 없는 상자에 숨겨 두고 싶었다. 기이한 고통이 파고들었다. 그녀의 눈을 보는 것만으로도 최면에 빠지는 기분이었다. 그녀의 레슨이 없는 날이면 창가에 서서 하늘만 바라봤다. 그 하늘에도 경외에 잠긴 눈이 박혀 있었다.

 오래전에 읽었던 독특한 시나리오가 떠오른다. 영화 속 주인공은 시각장애인 여성이다. 그녀는 80세를 넘기는 동안 세상을 본 적이 없다. 태어날 때부터 앞을 보지 못한 것이다. 어려서부터 그녀는 어머니에게 만물의 생김새를 전해 듣는다. 그녀는 그 세계를 떠올리고 상상하며 머릿속에 차곡차곡 쌓았다. 이제 죽음은 한 발짝 거리 앞에 다가왔다. 그녀의 유일한 소원은 마음속으로만 그려왔던 세계를 직접 보는 것이다. 그 간절함이 기적을 던진다. 마침내 의학 기술이 개발되었고, 그녀는 눈을 뜰 기회를 얻는다. 수술받기까지 기대와 설렘으로 잠을 이루지 못한다. 수술은 성공적이었다. 그녀는 붕대를 감은 채 홀로 사는 아파트에 머문다. 밤을 알리는 괘종시계의 종을 들으며 차분히 붕대를 푼다. 그러나 아무것도 보지 못한다. 그녀가 기대했던 세계는 철저한 암흑 속이었다. 그녀는 절망하며 발코니에서 뛰어내린다.

그 시나리오는 마지막에 반전을 보여준다. 그녀가 눈을 뜨던 순간은 한밤중이었고 하필이면 도시 전체가 정전되었다. 게다가 하늘은 잔뜩 흐려 별빛 한 줌 뿌리지 않았다. 그녀에게는 어머니 뱃속에서 나온 아기가 처음 눈을 떴을 때와 같았을 것이다. 처음 마주하는 세상의 음울함을 버티기 어려웠을까.

평생 마음속으로만 세상을 지어냈던 그녀가 눈을 떠야만 했을까. 나는 상상할 수 없다. 그날 밤, 달빛이 흐르고 네온사인이 반짝였다 해도 그녀는 기쁜 마음으로 세상을 바라보기 어려웠을 것이다. 시각장애인으로 태어난 사람이 시력을 얻게 되면 큰 혼란에 빠지게 된다고 들었다. 눈앞에 보이는 형상은 빛과 움직임과 직선, 곡선, 그리고 다양한 색상이 한데 뒤엉켜 안개처럼 자욱하다고 한다.

물론 나는 그런 염려가 없다. 볼 것은 이미 다 보았다. 2년간 잠이 든 것이라 여기면 된다. 하지만 마음 한구석에 들어찬 알 수 없는 불안이 나를 지배한다. 시력을 되찾는 것은 가둬 두었던 감정을 되살리는 것일지도 모른다. 해든의 눈을 다시 보게 될까? 그것에 이어진 욕망이 되살아날까? 눈먼 뒤에 비로소 보였던 것들은 이제 저 너머의 장막 뒤로 숨어버리는 걸까?

그녀와 관계를 끊어야 했다. 그녀의 눈에서 흘러나오는 향이 분홍빛으로 다가오기 전에….

팬 사인회가 있던 날이었다. 내 작품 〈다크 아이즈〉가 백만 부를 돌파하면서 치르는 행사였다. 많은 독자가 몰려왔고 사인을 받으며 내게 존경을 표했다. 나는 오만에 젖은 필체로 사인을 했다. 카메라 플래시가 연방 터졌고 떠들썩한 분위기가 이어졌다. 두 시간 넘게 진행하다가 고개를 돌려 주위를 둘러봤다. 그러다 그녀의 눈과 마주쳤다. 섬뜩했다. 눈빛은 평소에 보이던 것과 달리 증오나 멸시를 담고 있었다. 이글이글 타오르는 듯했다. 그녀는 대기 줄에서 벗어나 한쪽 구석에서 나를 노려보고 있었다. 검은 모자와 어두운색 옷차림이었다. 한 손으로 책을 쥐고 있었는데, 힘이 잔뜩 들어간 모습이었다.

나는 현기증이 일었지만, 한동안 그녀의 눈빛을 받아들여야 했다. 그렇게 시선이 엮였다. 낯선 눈빛이 내 눈을 파고들었다. 그녀는 눈을 파르르 떨기도 했다. 나는 휴식을 취해야겠다고 말하며 밖으로 나갔다. 다리가 후들거렸다. 마음을 진정시키고 돌아왔을 때, 그녀의 모습은 보이지 않앉다. 하지만 머릿속에 박힌 그녀의 눈은 지워지지 않았고, 나는 기계적으로 사인을 하며 자리를 지켰다. 그 뒤로 어떻게 행사를 마쳤는지는 기억에 없다.

주차장으로 향했다. 어디에 주차해 놓았는지 떠오르지 않아 한 바퀴를 돌았다. 겨우 찾아낸 차는 낯선 느낌을 주었다. 내 차는 은색 포르쉐 컨버터블인데 무슨 까닭인지 갈색에 더 가까워 보였다. 보닛 위에는 장미 한 송이가 놓여 있었다. 붉다 못해 공중에 떠 있는 것 같은 장미였다. 그것을 집어 드는 순간 익숙한 향이 콧속을 파고들었다. 나는 그것을 던져버리고 운전석에 올랐다. 이마에 땀이 맺혔다.

이틀 뒤, 그녀가 집에 왔을 때였다. 그녀의 눈빛은 평소의 모습으로 변해 있었다. 아름다움과 두려움은 종이 한 장 차이에 불과할까? 나는 행사장에서 보았던 그녀의 눈빛을 이내 잊고 말았다.

계절이 바뀌어 봄이 찾아오는 동안 한 문장도 쓰지 못했다. 그녀의 눈에 도취해 달떠 있던 걸까. 특유의 묵직하고 어두운 감각이 살아나지 않았다.

목련이 떨어져 내린 흐린 오후, 삼청동으로 향했다. 그곳 갤러리에서 전시회가 열렸고 나는 초대를 받았다. 어머니와 아이가 알몸으로 껴안은 그림이 벽 한 면을 차지하고 있었다. 강렬한 붉은색을 배경으로, 입체주의 기교로 그린 인물들이 두드러진 그림이었다.

2층으로 올라가자, 그림을 감상하는 여자의 뒷모습이 눈에 들어왔다. 누구인지 바로 알아차렸다. 해든이었다. 그녀는 야구모자를 썼는데, 뒷머리는 포니테일로 묶어 늘어뜨리고 있었다. 복장은 레깅스 차림이었다. 나는 다가가 알은체하려 했다. 그때 그녀는 휴대전화를 귀에 대었다. 그러고는 고개를 푹 숙인 채 내 옆으로 지나갔다. 색이 짙은 선글라스를 쓰고 있었다. 나는 밖으로 나간 그녀를 창문으로 내다보았다. 그녀는 팔짱을 끼고 생각에 잠긴 모습이었다. 나는 내려가 갤러리에서 나왔다. 그녀는 맞은편 골목길로 향하고 있었다. 나는 그녀의 뒤를 밟았다. 골목 입구 전봇대 뒤에 서서 그녀의 행방을 살폈다. 골목은 20미터도 채 안 돼 꺾여 있었고, 그녀는 꺾인 쪽으로 방향을 틀었다. 나는 재빨리 그곳으로 걸어갔다. 골목은 좁았다. 꺾인 지점을 돌자, 한식 가옥 서너 채가 보였는데, 어딘가 기괴한 느낌을 주었다. 그녀는 녹색 철제 대문 앞에 서 있었다. 삐걱거리는 소리를 내며 대문이 열렸고 그녀는 안으로 들어갔다. 지붕이 파란색 기와로 덮인 건물이었다. 나는 대문에 다가갔다. 철문에 손을 대고 고민했다. 왼쪽 고

정문에는 편지함이 달려 있었다. 그 위쪽에 붙은 종잇조각은 무슨 부적이라도 되는 것 같았다. 적힌 글귀는 '月印天江(월인천강)'이었다. 오른손에 힘을 주고 슬쩍 밀어보았다. 대문이 밀렸고 틈 사이로 그녀의 모습이 드러났다. 그녀는 대청마루에 걸터앉아 고개를 젖혀 눈을 감고 한쪽 다리를 흔들었다. 그러다가 나를 바라보았는데, 당황하지도, 의아해하지도 않은 모습이었다. 그걸 의식하자, 나는 굳어버린 것처럼 움직일 수 없었다.

그때였다. 그녀 왼편에 있는 문이 스르르 열렸다. 창호지를 바른 너덜너덜한 문이었다. 나는 무엇을 보았던가. 바로 해든의 눈이었다. 정확히 말하자면 무척 닮은 눈이었다. 어슴푸레한 어둠 속에서 두 눈이 반짝이고 있었다. 이럴 수가, 이렇게 같을 수가. 요술이라도 부리는 건가.

손님이 있었니? 방 안의 여자가 나직한 목소리로 물었다. 제가 가르치는 학생 댁 사모님이세요, 이모. 해든이 대답했다. 방문 사이로 밀려든 햇살이 뜻밖의 물건들을 비췄다. 수술용 나이프나 겸자 가위가 교자상 위에 가지런히 놓여 있고, 약물을 담은 작은 병과 주사기, 붕대, 탈지면도 보였다. 가슴이 고동치기 시작했다. 봐서는 안 될 것을 본 느낌이었다. 그대로 뛰쳐나오고 싶었지만, 얼어붙은 다리가 움직이지 않았다. 만일….

이모라는 여자는 기이한 기운을 뿜어내고 있었다. 제사장을 떠올리게 하는 이미지였다. 해든과 닮았지만, 얼굴 모습만으로 나이를 가늠하기 어려웠다. 해든보다 더 짙고 그윽한 눈을 보고 있자니 마음이 시렸다.

차라도 내오지 그러렴. 그녀가 말했다. 나는 고개를 저었다. 왠지 해든이 이 집의 주인을 보여주려고 나를 이곳에 끌어들인 게 아닌가 싶었다.

집에 돌아가는 동안 머릿속에 들어찬 의문이 떠나지 않았다. 거리가 흑백 영상을 보는 듯 건조한 빛에 잠겼다. 갑자기 차를 멈추기도 했고 신호를 두어 번 위반했다. 의문은 수렁으로 변했고 나는 그곳에서 뭔가를 끄집어내기 위해 애썼다. 결국, 하나를 건졌다. 먹빛을 띤 흑진주처럼 작고 모호한 실마리였다.

집에 도착해 안락의자에 몸을 묻었다. 21년산 위스키를 반쯤 비우는 동안 그 실마리는 살을 붙이며 고혹의 빛을 띠었다. 나는 금단의 선악과를 마주한 셈이었다. 해든의 눈은 그녀의 이모가 완성한 작품이리라. 그들의 세상에 발을 들이려면 그 선악과를 베어 물어야 할까?

한동안 해든과 말을 섞지 않았다. 그녀의 눈은 더 섬세하고 밀도 높은 빛을 뿌렸다. 그것이 그녀의 자신감을 말해주었고 나는 그 위세에 움츠러들었다. 더는 버티기 어려웠다.

"그 눈. 당신이 이모라고 부른 분이 수술한 거죠?"

어느 날, 용수철처럼 말이 튀어나왔다. 그녀는 잠시 긴장이 밴 표정을 지었다. 그러고는 대답했는데, 부탁인지 명령인지 모를 어투였다.

"불법이란 거 알아요. 하지만 사모님께서 눈감아 주셨으면 해요. 보셨다시피 그분은 힘겹게 삶을 이어가고 있어요."

"내가 묻는 건 그게 아니에요. 당신이 수술받은 곳을 확인하고 싶을 뿐이에요."

그녀는 주저하다가 고개를 끄덕이며 표정을 굳혔.

내 마음에 한 줄기 광선이 솟아올랐다. 강렬한 그 광선은 한 가지 색에 머물지 않았다. 푸르다가 붉어지고, 때로는 보랏빛으로 번져갔다.

그 무렵 남편과의 연락은 끊겼다. 그는 작업실에서 지냈고 우리는 사실상 별거 중이었다. 지예는 해든을 좋아했고 잘 따랐다. 레슨이 있는 날이면 들떠 있기도 했다. 그러나 내겐 더 반항적이었고 자주 신경질을 부렸다. 해든이 떠나면 지예의 방에서 구슬픈 멜로디가 흘러나왔다. 그것은 내 가슴을 쥐어 비틀 듯 다가왔다. 지예는 가사를 붙여 흥얼거리며 입에 달고 다니기도 했다. 내가 잘 아는 곡이었다. 곡명은 내 흥행작 〈다크 아이즈〉와 같았고, 나는 그 곡에서 영감을 받기도 했다. 러시아 집시들에게 전해진 민요로, 내 작품의 테마곡이라 할 수 있었다. 해든은 왜 그 곡을 지예에게 가르쳤을까. 여러 의문이 솟았다. 내 집에 틈이 벌어져 무언가가 새어 나가고 있었다. 그녀와 만나서 인연을 맺게 된 과정이 왠지 각본처럼 느껴졌다. 처음 그녀의 이름을 들었을 때 낯설지 않았던 기억도 되살아났다.

지예는 점점 변해갔다. 방 안에 처박혀 창밖을 멍하니 바라보는가 하면, 이따금 뜻 모를 미소를 짓다가 눈물을 흘리기도 했다. 사춘기를 맞은 소녀라 치부하기엔 이해하기 어려운 모습이었다. 그 무렵 나하고는 거의 대화하지 않았다. 그리고 어느 순간부터 해든을 대하는 태도가 달라졌다. 이전과는 다르게 주눅 든 눈빛이었고 가급적 해든의 시선을 피하려 했다.

저녁 햇살이 유난히 짙은 날이었다. 외출 후 돌아온 나는 소파에 걸터앉아 와인을 홀짝였다. 술이 몸에 찰수록 햇살은 더욱 노래졌다. 모든 것이 입을 다물고 침묵하는 듯했다. 무언가가 없었다. 그 시간대면 항상 들려야 할 소리가 나지 않았다. 지예는 연습을 빠트리지 않는 아이였다. 나는 2층으로 올라가 지예의 방문 앞에 섰다. 문을 열었다. 열린 창문으로 바람이 들어와 커튼을 부풀렸다. 지예는 보이지 않았다. 방에서 나와 지예를 불렀다. 대답 대신 아래층에서 인기척이 들렸다. 안방 쪽이었다. 다가가 보니 훌쩍이는 소리가 났다. 손을 떨며 문을 열었다. 방 안의 빛이 쏟아져 나왔다. 침대 조명, 스탠드, 장식 등까지 모든 불빛이 방을 가득 채워 어지러웠다. 지예는 화장대 거울 앞에 앉아 있었다.

"지예야, 거기서 뭐 하고 있는…."

지예의 어깨에 손을 올리는 순간, 거울 속의 눈과 내 시선이 마주쳤다. 서늘한 기운이 이마를 훑고 지나갔다. 나는 주저앉을 뻔했다. 지예의 눈은 검었다. 그냥 검기만 한 게 아니었다. 아이라이너와 아이섀도를 덧칠했는지 퇴폐적인 기운이 흘렀다. 입술에 바른 립스틱은 피처럼 시뻘겠고 무성의해 보였다. 지예의 눈동자가 반짝였다. 서클렌즈를 착용한 모양이었다. 과장된 만화 캐릭터 같은 느낌을 주었다. 그것은 플라스틱 모조 보석처럼 천할 뿐이었다.

살아오면서 '선택'이란 낱말 앞에 무릎 꿇은 적이 있던

가. 내가 가야 할 길은 눈앞에 훤히 보였고 이정표도 명확했다. 나는 그저 직선으로 뻗은 큰길을 걸으면 되었다. 길가에 피어난 꽃이 손에 닿으면 꺾었다. 내 부모는 그런 이정표를 미리 그려두었다. 그 세계에서는 탐스러우면 손에 넣고 거슬리면 버릴 뿐이었다. 오로지 나만의 세계를 구축한 건 작가의 삶을 시작하면서부터였다. 운이 좋았다. 다행히 재능이 있었다.

그런 내게 선택이라는 무거운 짐이 나타나 앞을 가로막았다. 그것은 파란 기와집이었다. 나도 성형 수술을 받은 적이 있다. 그것도 강남에서 이름난 의사들의 손을 거쳤다. 그때는 만족했지만, 한순간에 빛이 바랬다. 해든의 눈을 보면서부터다. 그 압도적인 깊이, 모든 것을 빨아들일 것 같은 흡입력, 전율을 일으키며 마음을 얼어붙게 하는 신비로움…. 그것은 기와집 여자의 손으로만 가능한 일일까.

눈을 떠도 감아도 피할 수 없었다. 눈을 뜨면 잿빛 공간 속에 해든의 눈빛이 아른거렸고, 눈을 감으면 그녀의 눈빛이 파고들어 마음속에 떠다녔다. 나는 이미 그때 눈이 멀었는지 모른다. 눈앞의 모든 것이 색채를 잃었고, 아무 정감도 띠지 않았다.

나는 완전히 무너졌다. 집 안의 모든 것이 그녀의 눈에

만 반응했다. 그리고 그녀와 조화를 이루었다. 지예는 내 버려 두기 어려울 정도로 변했고 나는 아무것도 할 수 없었다. 이것을 깨뜨리고 나의 것으로 되돌리는 방법은 하나뿐이었다. 해든에 대적할 눈을 갖는 것, 나는 파란 기와집으로 향했다.

가는 동안 다시 갈등했다. 불법? 내 삶에 그런 게 있었던가. 안개가 자욱이 깔린 길을 밟는 기분이었다. 하지만 대문을 두드리고 여는 순간 모든 근심이 사라졌다. 그 여자를 보며 내 결정이 옳다는 확신이 들었다. 그녀는 한동안 나를 경계했다. 나는 주저할 틈을 주지 않으려고 명확한 말투로 말했다.

"해든 씨와 똑같은 눈을 가지고 싶어요. 아니, 어쩌면 당신의 눈이라고 해야 할까요?"

그녀는 천천히 고개를 가로젓더니 입을 열었다.

"사모님, 후회하실지도 몰라요. 사람의 눈을 다른 모습으로 바꾸면 그 마음도 그런 형태를 가져요. 그 뒤엔…."

내게는 그 말이 귀에 들어오지 않았다. 그녀가 수술을 거부할까 봐 조급해진 나는 그녀의 말을 잘랐다.

"상관없어요. 돈은 얼마든지 드릴게요."

그녀는 고개를 숙이고 잠시 생각하다가 내 손을 잡고

방으로 이끌었다. 나는 꿈속을 걷듯 방 안에 들어갔다. 내가 눕자, 한쪽 구석에서 검회색 연기가 피어올랐다. 향내가 콧속을 찔렀고 정신이 아득해졌다.

"빛을 떠올리세요. 그것은 당신의 심장을 통해 모세혈관으로 흘러들어 온몸을 깨웁니다. 그렇게 흩어졌다 모여든 피를 통해 당신은 세상을 봅니다. 복잡한 세상은 사실 빛과 어둠으로 경계 지어졌을 뿐이죠. 이제 곧 당신은 새 눈을 가지게 됩니다. 그것은 천 개의 강 위에 뿌려진 허물과 달리, 오직 하나뿐인 밤하늘의 달처럼 영롱하겠지요."

그녀의 암시에 따라 끝없는 빛과 어둠을 헤쳐 나왔다. 잠시 뒤 주삿바늘이 따끔하게 박혔다. 왼쪽 눈꺼풀에 차가운 칼날이 닿았다는 느낌이 들었으나, 마취된 눈꺼풀은 아무런 감각을 읽지 못했다. 순간, 내가 제단 위 제물이 되었다는 불길한 생각이 스쳤다. 그것은 잠시였을 뿐, 곧 내 몸이 묵직하게 가라앉았다.

그녀를 찾아갈 때마다 그런 식이었다. 그녀가 향을 피우는 순간부터 모든 근심도 의심도 남지 않았다. 머릿속에 눈 부신 빛이 끝없이 쏟아졌고 나는 환희에 빠졌다. 어느 날, 거울을 들여다보다가 거듭난 내 눈의 모습에 전율했다. 그 두 눈에는 눈물이 맺혔다.

하지만 나는 돌이킬 수 없는 길로 빠진 것과 다름없었다. 즐거움과 자신감은 오래가지 않았다. 눈은 완벽했지만, 내 얼굴과 어울리지 않았다. 마치 진흙 속에 진주알을 던져 놓은 꼴이었다. 내 얼굴은 최고의 지휘자를 얻었다. 하지만 연주자들은 하나같이 아마추어나 다름없었다. 생생한 눈빛이 은은히 고이기엔 광대뼈의 윤곽이 굵었고 코는 낮았다. 탄력 없는 입술은 눈빛과 어울리지 않았다. 눈을 제외한다면 해든에 비해 나을 게 없었다. 결국, 다시 기와집을 찾았다.

그녀는 마술사 같았다. 내 얼굴을 정확히 내가 원하는 모습으로 바꾸었다. 뼈를 깎아내거나 실리콘을 넣는 수술을 받을 때도 나는 두렵지 않았다. 위대한 미술가가, 아니 어쩌면 창조주 같은 존재가 고운 흙으로 나를 빚는 느낌이었다. 나는 그때마다 새롭게 태어났다.

내 얼굴이 완성될 때까지 아무도 만나지 않았다. 매일 놀라운 영감이 떠올랐고 글쓰기에 파묻혀 살았다. 언젠가 독자들에게 심어질 이미지는 여신과 같은 모습이어야 했다. 찬란한 미모와 미문의 작가로 박제될 때를 기다렸다.

마침내 내 얼굴은 완성되었다. 그러나 곧 떨칠 수 없는 강박의 시간이 다가왔다. 나는 비가 내리고 난 봄날 아침 갑자기 화려하게 핀 꽃과 같았다. 이제 남은 건 서서히 시들어 가는 일뿐이었다.

시간을 멈추어 내 얼굴을 불멸의 태양처럼 빛낼 수는 없을까. 하지만 시간은 강직하게 흘렀다. 늘어지지도 않았다. 하루하루 즐거움에 젖기는커녕 내 삶에 남은 시간이 줄어들수록 근심과 안타까움만 늘었다. 얼굴이 조금이라도 푸석해지는 기미가 보이면 마음이 타들어 갔다. 가끔은 가면을 쓰고 있다는 생각도 들었다. 그것이 가면처럼 보인다면 방법은 하나였다. 살과 피를 불어넣어 유기체처럼 살아 숨 쉬게 해야 했다.

생식을 시작했다. 시작은 당근, 사과, 셀러리 등이었다. 어떤 드레싱이나 인공 조미료 따위는 쓰지 않았다. 확실히 내 몸이 젊어지고 있다는 착각이 들었다. 그러나 곧 그만두었다. 피 한 방울 없는 채소가 내 가면과 같은 얼굴에 핏기를 불어넣기란 어려웠다. 내게 필요한 건 피에 절인 살덩이였다. 나는 소 안심을 날로 먹어보았다. 생기가 도는 느낌이 들었다. 그러다가 소의 생간을 즐겨 먹었고, 그것은 효과가 더 좋았다. 얼굴 혈색을 윤기 나게 했다.

생식에 대한 욕망은 비틀려 갔다. 어느 순간부터, 익힌 음식은 입에 넣지 못했다. 더구나 많이 먹지도 못했기에 항상 배고픔에 젖었다. 하지만 조금이라도 얼굴이 부으면 공포가 자라났다. 때로는 단식하기도 했다. 물과 홍차만으로 며칠을 버티며 내장을 비웠다. 이제 내 얼굴은 날카로운 광대뼈와 예리한 턱선으로 두드러졌다. 분명, 기괴한 모습이었지만, 그럴수록 더 만족했다. 그러다가 파리해지고 몸을 가누기도 어려워지면 음식에 손을 댔다. 일단 입안에 넣으면 무시무시한 식욕이 엄습했다. 차가운 음식이 종일 식도를 타고 흘러내렸고, 텅 빈 위는 포만을 느끼지 못했다. 그렇게 며칠 동안 먹으면 낯빛에 핏기가 돌고 얼굴은 통통해졌다. 그러면 나는 다시 굶기 시작했다. 이런 악순환이 소용돌이치며 나를 삼켰다. 나는 이따금 영양실조에 걸렸고, 사소한 일에서도 스트레스를 받았다. 불면은 내 밤을 지배했다. 몸이 무너져 쇠약해진다는 사실을 깨달으면서도 멈출 수 없었다.

남은 와인을 모두 따른다. 졸피뎀 두 알을 꺼낸다. 와인 향에 묻힌 알약이 목구멍을 넘어간다. 나는 이제 내가 실명하던 상황을 떠올려야 한다. 무척 괴로운 작업이다. 그래도 해야 한다. 다시 앞을 보게 되었을 때, 내 삶이 성숙한 길로 접어들기 위해서다. 또다시 그 어리석은 욕망에 빠져서는 안 된다.

그렇게 거식과 폭식을 반복한 지 두 달이 지났을 때였다. 감기 기운이 있어 며칠간 누워 있어야 했다. 증세는 나아지지 않고 점점 심해졌다. 그렇게 독한 감기는 처음이었다. 뼈 마디마디에 전류가 흐르듯 통증이 일었다. 몸에 불이 붙은 듯 열이 났고 식은땀은 그치지 않았다. 기침은 호흡을 대신하고 있었다. 나는 그 와중에도 얼굴이 상하지 않을까 걱정했다.

열흘이 지나서야 열이 가라앉기 시작했다. 그런데 눈을 뜨기 힘들었다. 안구가 따갑고 쓰렸다. 보이는 상들은 뿌옇고 혼탁했다.

일어날 기운을 차렸을 때 나는 거울부터 들여다보았다. 내 심장이 떨어져 나가는 것 같았다. 눈의 흰자위는 벌겋게 충혈되었고 검은자위는 흩뿌려진 빨간 물감 같은 반점으로 덮여 있었다. 동공은 한없이 쪼그라들어 좁쌀처럼 보였다.

"헤르페스 바이러스에 감염되었습니다. 치료해 보기는 하겠지만 각막에 궤양이 진행되고 있습니다. 솔직히 말씀드리면 비관적입니다."

담담하게 말하는 의사의 모습은 잿빛에 쌓여 있었다. 치료는 오래가지 못했고, 보름 후 각막을 들어내는 수술을 받았다. 내 암흑의 세계는 그렇게 시작되었다.

 밤하늘이 마지막 달빛을 움켜쥐고 있을 시각이다. 바람은 시원하고 내 뺨은 말라 있다. 시간이라는 건 항상 이렇다. 의식하지 않으면 훌쩍 흘러가 버린다. 약 기운이 돌기 시작한다. 나는 할 말을 마쳤고 이제 곧 새로운 삶, 아니 잃어버렸던 삶을 되찾는다. 나는 충분히 정화한 것일까. 두 번 다시 해든과 같은 사람에 엮이는 일은 없을 터이다. 내 마음속에 그녀의 눈이 그려지는 일은 없을…. 갑자기 머릿속에 시커먼 물결이 밀려온다.

 잠깐. 해든? 이해든? 설마….
 그럴 리가. 그럴 리가.
 〈다크 아이즈〉를 발표하기 전 맡았던 C 출판사 공모전 심사.
 나는 한 응모작을 보며 믿을 수 없었지.
 그건 내가 쓴 작품이었는데, 어떻게 그녀가 같은 이야기를….
 나는 잘못이 없어. 그 작품은 걸러내야 했지.
 그렇다면 이 모든 것은 그녀가….

2

어둠에 잘린 눈동자

이 작품을 김한나 작가님께 바칩니다. (이해든 드림)

새벽 세 시가 넘었어. 피에 젖은 오른손이 계속 저려. 그래도 움직일 수 있는 건 오른손뿐이야. 다른 곳은 모두 마비된 것 같아. 소파에 앉아 있는 건 다행이야. 그렇기에 네 얼굴을 몇 시간이 지나도록 볼 수 있거든. 눈물이 계속 나와. 눈꺼풀도 퉁퉁 부었어. 눈물에 번져 아른거리는 네 모습이 흐릿하군. 눈물이 그치면 내 심장도 곧 멎겠지? 동이 틀 때까지는 살아 있으면 좋겠어. 햇살에 비친 네 모습을 보고 싶거든. 지금은 너무 어두워. 불을 켜둘걸 그랬어. 어둠

속의 너는 널어놓은 빨래처럼 축 늘어져 있을 뿐이야. 목에 감긴 빨랫줄이 날카로운 올가미 같아. 매달린 네가 흔들리는 건지, 아니면 내 안구가 떨리고 있는 건지 모르겠어. 왜 그렇게 편안한 표정이니? 도무지 스스로 목숨을 끊은 사람 같지 않잖아.

팔목이 시큰거리고 쓰려. 그것은 내가 살아 있다는 증명이기도 해. 제임스 박사 말이 맞았어. 샴쌍둥이는 분리하더라도 한쪽이 죽으면 다른 쪽도 살기 어렵다는 말 말이야. 그래서 내 머릿속이 복잡해. 네가 생명을 끊은 건 너의 일부인 나를 없애는 일이기도 하니까. 네 계획은 성공했어. 우리는 태어났을 때처럼 다시 하나가 되어 땅에 묻히는 거야.

묻고 싶은 게 있어. 눈을 감기 전에 떠올렸던 사람은 그녀와 나 둘 중 누구였지? 네 영혼이 나를 부르기 전에 듣고 싶어.

초겨울에 살짝 내린 첫눈과 같은 여자였지. 모든 걸 포근하게 감싸줄 듯 사근사근하면서도 곧 녹아내릴 것처럼 여렸어. 푸르스름한 눈동자를 지니고 있었는데 피부색은 우리와 비슷했지. 물론 더 희고 맑았지만 말이야. 수녀였기 때문일까. 그녀는 빛을 두르고 있는 듯 신비한 모습으로 다가왔지. 몸이 붙은 우리를 돌봐줄 때, 그녀는 어떤 불편한 기색도 내비치지 않았어. 옷 하나를 같이 뒤집어쓴 쌍둥이처럼 여겼을 뿐이야. 우리는 거의 또래였고 충분히 성장한 나이였어. 그때만 해도 우리에겐 어떤 부끄러움도 느낄 이유가 없었지. 그렇게 평탄하게 지낼 수만 있었더라면….

　잠이 오기 시작해. 날이 밝기까지는 잠들면 안 되는데. 다시 햇빛을 보지 못하고 잠들면 꿈을 꾸겠지. 그리고 지금까지의 모든 일은 침침한 악몽 속에서 되살아날 거야. 그래 내 꿈 이야기를 해줄게. 너는 내 꿈 이야기를 좋아했잖아. 너와 헤어져 살 때 꾸었던 꿈이야. 가파른 절벽이었어. 족히 100미터는 넘을 듯했지. 절벽 앞에는 바다가 검은 파도를 몰아와 철썩이고 있었어. 하늘은 검회색이고 아무런 빛깔도 띠지 않았지. 낮과 밤의 경계에 걸친 시각이었어. 솟아 있는 등대마저 탁한 먼지로 얼룩져 기괴해 보이더군. 그녀와 함께 절벽 위에서 바다를 바라보고 있었지. 그녀는 잔잔한 미소를 지었는데, 나는 그 얼굴을 쳐다보기가 두려웠어. 그녀의 미소에는 증오가 담겨 있었거든. 나는 바다로 몸을 던지고 싶었어. 시커먼 파도가 나를 삼키면 더는 악몽이 거듭되지 않을 것 같았거든. 막상 아래를 내려다보니 까마득한 높이에 서 있다는 걸 깨닫곤 현기증에 시달렸지. 그 어지럼 속에서 해변에 서 있는 너를 보았어. 그리고 반드시 해줘야 할 말이 떠올랐지. 돌덩이처럼 굳어 있는 다리를 겨우 움직일 수 있었어. 돌계단을 따라 한 칸 한 칸 발을 내려놓을 때마다 심연을 향한 동굴에 들어가는 기분이었지. 구불구불한 계단은 절벽을 두르며 해변까지 이어졌고 해변은 결코 닿지 못할 허공에 걸려 있는 듯했어. 마침내 네 모습이 보였을 때였어. 갑자기 몸이 마비되더군. 가위에 눌려 몸이 무거울 때처럼 말이야. 순간, 중심을 잃고 계단에 주저앉는가 싶더니 아래로 구르고 말았어. 그렇게 구르며 해변에 닿았을 때는 내 몸이 조각나 있더군. 팔, 다리, 머리가 제멋대로 굴러다녔지. 그런 나를 네가 지켜보다가 다가왔어. 나는 그제야 깨달았지. 조각난 몸을 바라보고 있는 것은 네가 아니라 나였다는 것을, 그러니까 나는 원래부터 해변에 서 있었던 거야. 우리의 영혼은 서로의 몸에 자유로이 들락날락할 수 있는 걸까? 나는 이제 네 것인지 내 것인지 모를 조각난 몸을 하나씩 주워 팔에 감싸안았지.

그때였어. 머리 위로 내뿜어진 빛을 느꼈어. 갑자기 태양이 먹구름을 열고 나타나기라도 한 것 같았지. 부신 눈을 찡그리며 그곳을 향해 바라봤어. 그 빛은 그녀의 얼굴에서 쏟아져 나오고 있었지. 거울에 반사된 빛처럼 강렬했고 날카로웠어. 나는 그만 품에 안았던 것을 떨어뜨렸지. 그러자 커다란 파도가 밀려와 우리를 휩쓸어 버렸어. 정신을 차렸을 땐 내 몸도 조각나 있었지. 파도 속에서 네 머리는 내 몸에, 내 팔은 네 몸에 엉켰어. 수면이 잔잔해지자, 우리의 조각난 몸이 둥둥 떠다녔지.

이해해 줘. 꿈을 꾸고 나면 너무도 생생한 경험을 한 기분이 들어. 그래서 꿈이 현실인 것 같고 현실은 덧없어 보여. 가끔은 둘이 혼동될 때도 있어. 특히 우리 몸이 두 개로 나뉜 뒤로는 말이야. 어쩌면 그 순간부터 내게는 악몽만이 있었고 현실 따위는 없었을지도 몰라.

현실은 네게만 있었을까? 어려서부터 그랬지. 네가 꿈 이야기를 들려준 적은 없었잖아. 그 대신 이야기를 지어냈지. 그래. 나는 꿈만 꾸었을지도 몰라. 삶을 온전히 살아온 것은 너뿐이겠지.

네가 지어낸 이야기를 들으면 내게는 없는 다른 세상에 빠지는 듯했어. 지금은 그게 무엇이었는지 어렴풋이 이해할 수 있어. 조금 어려웠지만 'K의 비극론'이 제일 좋았지. 몇 번이나 그 이야기를 되새겨 봤는지 몰라. 지금이라도 술술 떠올릴 수 있어.

그러니까 'K'라는 사람이 무대 위에서 겪는 이야기잖아. 네가 묘사한 무대를 수없이 상상해 봤지. 붉은 장막이 뒤로 펼쳐져 있고 그 앞에서 파란색 스포트라이트가 K를 비춰. 그는 권총을 쥐고 있지. 장막은 물결처럼 일렁이고 그는 영혼이 닳은 사람처럼 초췌한 모습이야. 파란빛은 얼굴 핏기를 걷어내고 창백한 조명이 그곳에 스며들어. 그 모습은 마치 유령 같아서 서늘한 기운을 던지지. 조명이 밝아질수록 얼굴은 더 하얘지고 투명해져. 관중석 여러 곳에서 작은 비명이 터지지. 그런 소리마저 곧 잠잠해지고 무대는 적막에 휩싸이는 거야. 관객이 아무 기척도 내지 못할 엄중한 분위기가 흐르지. 작은 기침 소리라도 나면 얼음장 같은 암묵의 규율이 깨져버리고 말 분위기야.

모두가 숨을 죽이고 K를 지켜보지. K의 표정은 굳어 있고, 얼굴은 희미해지는데 입은 다물고 있어. 무엇 하나라도 그 긴장을 깨뜨려 주길 바라지만, 정작 들려오는 건 불협화음이야. 장막 뒤에 있을 법한 오케스트라가 마치 음을 조율하듯 제멋대로 소리를 내. 소름을 돋게 할 듯 신경질적인 음이지. 끊어지지 않을 듯한 악기연주는 하나씩 소리를 죽이고 무대 조명마저 꺼지고 말아. 관중들은 술렁이기 시작하지. 불평 섞인 비아냥이 여기저기서 쏟아져 나와. 심지어 팸플릿을 구겨 던지기도 해. 다시 희미한 조명이 켜지고 이번에는 무대 뒤의 장막이 천천히 열리지. 무대를 더듬던 스포트라이트가 그곳을 향해 비추는 순간 한 여자의 모습이 드러나. 그녀의 모습은 성숙해 보이지만, 어딘지 모르게 한없이 여린 느낌이야. 한 남자가 장막 뒤에서 걸어 나오며 그녀와 나란히 서지. 그때, 무대 한쪽에서 남자의 음성이 들려와. "K. 시작해." 굵고 단호한 목소리지. 그러자 K는 슬픈 눈빛을 띠며 울먹거리기라도 할 듯 입술을 꿈틀거려. 그런데 여자 옆에 서 있던 남자가 안주머니에서 권총을 꺼내 드는 거야. 굵은 목소리가 다시 무대 위에 울리지. "K, 마지막 기회야." K는 돌아서서 남자를 향해 권총을 겨누지. 그런데 갑자기 남자의 손에서 총성이 울리고 K는 그대로 쓰러져. 바닥에는 머리에서 흘러나온 피가 동심원을 그리며 자라나는 거야. 남자는 천천히 K를 향해 다가가. 그제야 관중은 남자가 K와 똑같이 생겼다는 걸 알게 돼. 남자는 K의 얼굴을 들여다보며 입을 열지. "결국, 나는 죽었어. 넌 바로 나였으니까." K는 흐르는 피에 젖은 눈을 껌뻑이며 미소 지었지. 남자는 미소로 화답했어. K는 편한 얼굴로 눈을 감았지.

그래. 넌 그 장면이 '종막'이라고 했지. 항상 궁금했어. 앞부분을 말해달라고 하면 넌 쓴웃음을 띨 뿐이었거든. 그러고는 묘한 말도 했지. 네 눈은 내가 보는 것을 볼 수 있다는 말 말이야.

우리가 살았던 캐나다 동부의 섬은 정말 눈부신 곳이었지. 우리가 한 몸이었을 때, 그곳에서 따분하거나 무료한 적은 없었어. 우리는 남들이 느끼는 행복을 더 큰 크기로 누렸지. 우리에게 흐르는 정서의 세계는 두 배나 넓고 깊었던 거야. 그곳에서 아픔은 스스로 엷어지고 희미해졌지. 밤마다 서로가 들려주는 이야기는 쏟아져 내릴 듯한 별빛을 타며 밤하늘에 펼쳐졌어.

어렸을 때 자네트 아주머니에게 한국어를 배운 건 행운이었어. 너는 불어로 말하는 것을 좋아했고 나는 영어가 친숙했지. 하지만 어느 순간부터는 둘 다 한국어만 쓰게 되었잖아? 우리의 이야기는 불어에서 영어로, 다시 한국어로 번갈아 태어났지. 그러면 우리는 별빛에 빨려 들어가듯 하늘로 향하는 기분이었어. 성인이 되어 와인 한 잔을 곁들이면서 우리 상상의 세계는 다채로운 빛깔로 채색되었지. 그 섬은 에덴동산과 같은 축복의 땅이었어. 가끔 다른 세상에 대한 호기심이 일기도 했지만, 섬을 떠난다는 생각은 해본 적이 없었지. 그래도 우리를 낳은 부모가 살았다던, 그 한국이란 나라는 꼭 한번 가보고 싶었어.

자네트 아주머니의 죽음을 기억해? 이해하기 어려운 사고였지. 술이라면 냄새도 맡기 싫어했던 사람이 어느 날 해변에서 술에 취해 파도에 휩쓸려 갔다니 믿을 수가 없었어. 빈 술병이 나뒹구는 곳에는 예쁘장한 구두 한 켤레가 남아 있을 뿐이었지. 그런 뒤, 그녀, 제시카가 온 거야. 우리는 성인이 된 나이였는데, 그녀는 집안일이나 요리로 우리를 도와주었어. 그녀를 처음 본 순간, 내 마음속 깊은 곳에 잠겨 있는 시커먼 바위문이 스르르 열리는 것 같았지. 그 틈새로 무언가가 새어 나오고 있었어. 풍선에서 바람이 빠지듯 말이야. 그것에는 탁하고 거뭇거뭇한 기운이 담겨 있었어. 그러더니 내 주위가 검은 화염에 뒤덮이는 것 같더군. 넌 어땠어?

밤하늘을 꿰는 별이나 그토록 넓어 보이던 바다를 바라보며 느꼈던 감정과는 달랐어. 세상이 점점 작아지고 알 수 없는 질감으로 압축되더니 내 심장에 파고들었지. 그러고는 온몸에 퍼져 옴짝달싹할 수 없는 마비를 일으켰어. 내 가슴이 뛰고 있는 걸 네게 들킬까 조마조마하기도 했지. 그녀를 온전히 느끼고 싶었어. 하지만 우리의 몸이 붙어 있는 걸 떠올리며 절망의 그늘 속에 몸을 웅크려야 했지.

그 뒤로 너를 설득하기 시작했어. 우리의 몸이 무거운 사슬처럼 느껴진 거야. 너는 반대했지. 꿈은 꿈일 뿐이라며 우리가 풍족했던 삶을 상기시켰어. 갈수록 우리는 거의 대화를 나누지도 않았지. 그날, 네가 그녀와 단둘이 대화하던 날 말이야. 나는 잠들어 있는 척했지만 사실 듣고 있었어. 아아. 그녀의 말 한마디 한마디가 내 가슴을 몇 갈래로 잘라놓던지, 마치 면도날로 휙휙 가르듯이 말이야. 이상한 일이었어. 그 일이 일어난 뒤로 네 생각이 차츰 변해갔어. 결국, 우리는 제임스 박사를 찾아갔지.

그가 샴쌍둥이를 연구한 전문가라는 게 우리에게 행운이었을까, 아니면 불운한 일이었을까? 그는 분리 수술의 위험성을 거듭 말해주었고 희박한 성공 확률에 대한 자료를 내밀었어. 나는 거칠게 고집했지. 네가 보인 차분한 자세가 아니었다면 우리는 결코 그의 반대를 꺾지 못했을 거야. 마침내 우리는 수술대에 누웠고 둘로 나뉘었지.

나는 새로 태어났어. 눈앞에 보이는 모든 게 모래알처럼 허물어지고는 다시 쌓아 올려졌지. 깊은 잠에서 깨어난 기분이었어. 곧 깨달았지. 진정으로 눈을 떴다는 사실을. 이제 신이 보는 듯한 감각으로 세상을 보게 된 거야. 마치 선악과를 베어 문 에덴의 신인류가 된 것처럼 말이야. 심장에 새 피가 차고 있었지. 그것은 어쩌면 바다색을 띠고 있을 것 같았어. 그리고 내 눈은 세상의 모든 걸 삼킬 듯 불타고 있었지. 푸른 불꽃이 넘실거렸어.

불타고 있는 건 내 눈만이 아니었어. 온몸이 화끈거리며 달아올랐지. 너도 마찬가지였겠지? 우리는 홍역을 치르듯 한 달 넘게 앓아야 했어. 눈앞에 보이는 건 화기를 품은 숯 같았고 그마저 차츰 식어버린 재처럼 변해갔지. 그녀가 우리를 돌보았어. 마치 빛으로 적신 것 같은 수건으로 우리의 이마를 꼼꼼히 닦아주었지. 가끔 말을 걸기도 했지만, 나는 무슨 말인지 알아듣지 못했고 대답할 수도 없었어. 내 앞의 세상이 한없이 멀어지는 기분이더군. 나중에 그것이 무슨 의미인지를 깨닫고는 두려움에 휩싸였지. 그 두려움은 짙은 어둠에 잠겨 희미해지더니 저항할 수 없는 잠을 몰고 왔어. 며칠 밤낮일지 모르는 시간을 잠이 삼켰지. 깨어나 보니 네가 내 옆에 없었던 거야. 그리고 그녀도 보이지 않았어.

　내 몸의 반쪽이 비어 있는 기분이었어. 아니, 거의 다 사라지고 두 눈만 남은 것 같았지. 그 눈 속엔 무엇이 담겨 있었을까.

　어디로든 향해야 했어. 섬을 떠나 발길 가는 대로 걸었지. 우리 사이에는 보이지 않는 인력이 있는 걸 너도 알잖아? 우리는 양전하와 음전하 같은 관계니까. 내가 향하는 쪽 어디에든 네가 있으리라 생각했어. 지칠 대로 걷다가 거리 아무 데서나 잤지. 배고픔은 참을 수 있었는데, 추위는 끔찍했어. 누구든 껴안고 싶었지. 비어 있는 반을 채워야 했으니까. 철조망이 쳐진 공터에서 나는 쓰러지고 말았어. 누군가에게 남은 돈을 모두 내밀었는데, 눈앞에 주삿바늘이 은빛으로 반짝이는 걸 보며 잠이 들었어. 그렇게 꿀맛 같은 잠은 처음이었어. 춥지도 않았고 마음 한가득 쌓인 괴로움은 연기처럼 솟아 흘러 퍼졌지.

눈을 떴을 때도 아직 꿈꾸는 듯한 기분이었어. 내 품에는 한 흑인 아이가 안겨 있더군. 가슴이 밋밋했기에 소년인지 소녀인지 분간할 수 없었어. 아이도 눈을 떴는데 흐리멍덩한 표정이었지. 그제야 나는 알몸이라는 사실을 깨달았어. 뭔가 잘못되었다고 생각하기도 전에 검은 자동차 두 대가 사이렌을 울리며 내 앞에 섰어. 검은 제복을 입은 사람들이 내게 총을 겨누며 다가왔지. 나는 뭐라고 말하려 했는데, 영어로 말이 나오지 않더군. 그래서 한국어로 외쳤지. "아니야, 나는 꿈을 꾸고 있는 거야." 내가 말을 이으려 하자 그들은 권총을 쥔 손에 힘을 주었지. 알 수 없는 일이었어. 그들은 분명 영어로 말하고 있었는데 나는 도통 알아들을 수 없었거든.

그들은 내 손목을 수갑으로 묶고 차에 태웠어. 나는 쇠창살이 쳐진 방에서 사흘을 보내야 했지. 나흘째 되던 날, 그들은 나를 홀 같은 곳으로 끌고 갔어. 검은 망토를 두른 남자가 연단 위에 앉아 있더군. 그는 뭐라고 말했지만 역시 영어를 썼고 나는 알아듣기 어려웠어. 그래도 무슨 일이 벌어지고 있는지 눈치챘지. 나는 외쳤어. 너를 만나게 해달라고, 너를 꼭 만나야 한다고. 남자는 내 말을 못 알아들었는지 고개만 갸웃거렸지.

그 뒤로 며칠이 흘렀어. 제임스 박사가 찾아왔고 그제야 현실로 돌아온 느낌이었지. 지금까지 악몽을 꾸었던 게 분명하다고 생각했어. 그는 차분하면서도 착잡한 말투로 이야기하더군. 내가 마약을 했다고, 그리고 미성년자에게 성범죄를 저질렀다고. 무슨 말인지 알 수 없었지. 춥고 괴로웠기에 누군가를 껴안은 기억뿐이었거든. 하지만 그는 고개를 저으며 당장 이곳에서 나오기가 어렵다고 했지. 나는 부탁했어. 너를 만나야 한다고, 그러면 모두 해결될 거라고. 그는 얼굴에 어두운 기색을 띠며 대답하지 않더군.

그곳에서 지내는 건 어렵지 않았어. 매일 꿈을 꾸었거든. 언젠가 네게 들려주리라는 생각으로 종일 꿈 이야기를 다듬었어. 한 가지 슬픔이 있었다면, 기억하는 네 눈빛이 차츰 어렴풋해지고 꿈속에서조차 너를 만날 수 없었던 거야. 나는 하나씩 단서를 찾아 해결해야 했어. 우선 내 머릿속에서 실타래처럼 꼬여버린 영어를 풀어내야 했지. 다행히 단어의 뜻은 모두 기억하고 있었어. 그러니까 'twin'이나 'meet'처럼 독립된 단어는 명확한 뜻으로 다가오는데, 'Twins must meet again.'처럼 문장을 이루면 도대체 무슨 뜻인지 알 수 없었어. 무언가 내게 결핍된 게 있었지. 지금은 그 원인을 알 것 같아. 너를 다시 만났을 때, 넌 이상하게 불어를 한마디도 하지 않았지. 맞아. 우리의 몸이 분리되었을 때, 우리의 언어도 반쪽짜리가 된 거야.

그렇게 벙어리처럼 침묵의 세계에 갇혀버렸지. 제임스 박사가 다시 나를 만나러 왔어. 그날 나는 어떤 상담실 같은 곳으로 가야 했지. 자상한 인상을 지닌 중년 여자가 나를 맞았어. 그녀는 다행히 불어로 이것저것을 물었지. 나는 모두 털어놓았어. 너와 갈라진 뒤, 유난히 추위를 탔다는 것, 그리고 내가 영어를 하지 못하게 된 것을 말이야. 그녀는 내 이야기를 다 듣고는 노트 한 권을 꺼내 내 앞에 내밀었어. 내 꿈 이야기를 적어놓은 노트였지. 그것을 보며 나는 외쳤어. 이것만이 진리이고 나를 설명할 수 있다고.

그 뒤로 며칠이 지난 뒤 풀려났어. 가석방되었다더군. 어디로 가야 할지 누굴 만나야 할지 알 수 없었지. 또다시 부랑자 삶을 반복했어. 이젠 추위는 문제가 아니었어. 몇 날을 굶고 물도 거의 마시지 못했지. 갈증과 허기는 내 다리에 무게를 더했고 끝없는 두려움을 몰고 왔어. 얼마 못 가 나는 쓰러졌지.

다시 정신을 차렸을 땐, 제임스 박사의 집이었어. 난 네 행방을 물었지. 그는 입을 열지 않다가 결국 대답해 주었어. 믿을 수가 없었지. 네가 정신 병동에 있다는 이야기를. 너를 수없이 찾아갔어. 모든 게 느리고 하얗게 물든 시간이 흐르는 곳이었지. 너는 나를 알아보지 못했고 입을 열지 않았어. 내 머릿속도 점점 하얘졌지.

제임스 박사가 세미나 때문에 출장을 갔을 때였어. 나는 그의 서재에서 거닐다가 서랍에 열쇠가 꽂혀 있는 걸 봤지. 그만이 열 수 있는 서랍이었어. 나는 서랍 손잡이를 당겼지. 사진 몇 장과 그가 쓴 일기장이 있더군. 가슴이 쿵쾅거렸어. 서랍 속에 고여 있던 어두운 기체가 흘러나오는 듯했지. 사진을 한 장씩 들여다보며 나는 손을 떨었어. 사진에는 제시카의 얼굴이 담겨 있었지. 수녀복을 입지 않은 학생 시절 모습이었어. 챙 넓은 모자 아래로 두 볼이 햇살에 젖어 있었지. 자, 이제 일기장에 있던 내용을 말해줄게. 놀라지 말았으면 해.

너도 알다시피 우리의 몸에는 한국인의 피가 흐르고 있어. 우리를 낳은 어머니가 바로 한국인이었던 거야. 아버지는 어렸을 때 캐나다로 건너와 포도밭을 일구었대. 한국 태생인지 아닌지는 잘 몰라. 유학을 온 어머니를 만나 사랑에 빠졌지. 그래서 우리가 태어난 거야. 결과는 끔찍했어. 어머니가 학생 신분으로 아이를, 그것도 샴쌍둥이를 낳은 사실을 감당하기 어려웠을 거야. 그런데 몇 주 지나지 않아 더 큰 비극이 다가왔어. 낚싯배를 탔던 아버지가 사라졌지. 배는 바다에서 표류하고 아버지의 행방은 알 길이 없었어. 그래서 우리는 버려진 거야.

지금까지 어머니가 살아 있는지, 살아 있다면 어디서 어떤 삶을 살고 있는지 알 수도 없었지. 제임스 박사가 우리를 거두지 않았다면 우리는 아마 어린 몸으로 관에 눕혀졌을지도 몰라. 일기장의 내용에 따르면, 어머니는 제임스 박사에 의지했나 봐. 제임스 박사도 동정일지 모르는 감정을 품다가 둘은 연인 사이가 된 거지. 1년 후에 그들은 딸을 하나 낳기도 했어. 그러나 행복해야 할 그 가족은 점점 수렁에 다가가고 있었지. 아마 우리가 말을 배우던 때부터였나 봐. 어머니는 끝없는 우울증에 빠져 약에 손을 대었대. 그 문제로 제임스 박사와 크게 다투고는 어느 날 집을 나와 버린 거지. 우리는 그 섬으로 보내졌고 성인이 될 때까지 자네트 아주머니가 돌보았어.

충격적인 이야기는 여기서 시작이야. 그들의 딸이 바로 제시카였어. 성인이 되었을 때, 그녀는 어머니를 찾았지. 그리고 편지를 주고받은 거야. 그녀는 무슨 이유인지 수녀로 살아갈 결심을 했고 제임스 박사는 만류할 수 없었어. 그렇게 그녀는 우리에게 온 거야. 그런데 일기장에는 이렇게 적혀 있었어. 우리의 분리 수술 문제로 제임스 박사가 고심할 때, 돌연 그녀가 꼭 수술해 달라며 부탁했대. 그제야 나는 깨달았지. 너와 제시카가 서로 바라보던 눈빛이 어떤 의미였는지…. 그래. 반대하던 네가 갑자기 마음을 고쳐먹은 이유와 같을 거야.

일기장을 읽고 나니 제임스 박사의 집에 머무르기 어려웠어. 섬으로 돌아왔지. 칼날처럼 퍼붓는 햇살이 눈을 베어버리길 바라며 종일 해변에 앉아 있었어. 그러나 태양은 바다와 하늘과 파도와 바람을 둘로 쪼갤 뿐 내 눈을 멀게 하진 못했지. 너와 함께 있지 못하면 내 몸은 두 개, 세 개로 잘려나갈 것 같았어. 이미 내 영혼은 분열되었지. 네가 있는 곳으로 가야 했어. 방법은 하나뿐이었지. 내가 너와 같은 상태가 되어야 했어. 미친 척했지만, 어쩌면 실제로 미쳤을지도 몰라. 해변에서 와인을 마시며, 저 파도가 자네트 아주머니를 삼켰던 것처럼 내 육체도 가져가 주길 바랐지. 그러다 약에 손을 대기도 했어.

    그 뒤에 일어난 일은 너도 기억할 거야. 나는 결국 네가 있는 곳으로 보내졌어. 정신과 의사가 정신 분열 소견을 써주었지. 제임스 박사는 자신이 쓴 논문을 근거로 정신과 의사를 설득했어. 샴쌍둥이 분리 후 나타날 수 있는 정신적 장애에 관한 견해를 밝혔지. 우리가 함께 지낸다면 호전될 수 있다고 주장했어.

    병동에서 나는 항상 네 곁을 따라다녔어. 밥을 먹거나 산책하거나 목각인형을 깎는 시간에도 너와 함께했지. 네 기억을 되살리기 위해 끊임없이 이야기해야만 했어. 묵직하고 느릿한 시간이 흐르는 동안에도 네 머리는 좀처럼 깨어나지 못했지. 그런데 제시카 이야기를 꺼내자, 네가 반응했어. 네 깜깜한 머릿속에 부싯돌이 번쩍인 거지. 네 눈은 점점 커졌어. 검은 동공이 흔들렸지. 그러고는 검지를 떨었어. 무언가를 건져 올리려는 듯 안간힘을 쓰더군. 그것은 동시에 더는 떠올리지 말아야 할 것을 꾹꾹 눌러 막으려는 모습이기도 했어. 나는 그녀에 관한 이야기를 이어가야 했지. 하는 수 없었어. 그녀가 우리의 씨 다른 누이라는 사실까지 털어놓았지. 넌 미소를 지었는데 의아하다는 표정이 섞여 있었어. 그러다가 마침내 입을 열었지. 반가워, 하고 말이야.

그 뒤로 우리는 빠르게 나아졌지. 그곳에서 1년 동안 그 무엇도 부족하지 않았어. 너는 기억을 되찾았고 나는 꿈과 현실을 분간할 수 있었지. 그곳을 나와 다시 섬으로 돌아가며 이제 아무 걱정이 없겠구나 싶었어. 섬은 평화로웠고 우리는 서로 꿈 이야기와 지어낸 이야기를 들려주었지. 하지만 그 마지막 이야기는 하지 말아야 했어. 그랬더라면…. 그러니까 꿈속에서 그녀와 내가 사랑을 나누었다는 이야기 말이야. 그 뒤로 너는 점점 말수가 줄어들고 눈가에는 어둠이 차오르기 시작했지. 내 실수였음을 깨닫기도 전에 너는 사라져 버렸어. 눈부셨던 섬이 한순간에 윤기를 잃고 먹빛으로 물들었지.

나는 또다시 술을 마시기 시작했어. 해변에는 빈 병이 무덤처럼 쌓여갔지. 제임스 박사에게서 편지가 왔어. 네가 잘살고 있으니 염려하지 말라며 이제 더는 찾지 말라더군. 나는 당장 제임스 박사를 찾아가 네 행방을 물었어. 그는 네가 한국으로 떠났다며 그것 외에는 모른다고 말했지. 나는 그의 집으로 가서 서재의 서랍을 부쉈어. 내 직감은 틀림없었지. 그 안에 네가 보낸 편지가 있었거든. 나는 여권을 만들고 무작정 공항으로 향했어. 그에게는 메모를 남겨두었지. 나를 뒤쫓거나 방해하면 내가 무슨 짓을 벌일지도 모른다고.

항공기에 오르며 아무것도 두렵지 않았어. 마음속으로 다짐했지. 캐나다로 돌아오는 일은 영원히 없을 거라고. 한국으로 향하는 길은 미지의 미로 속에 뛰어드는 것과 같았어. 그래도 상관없었지. 어차피 너와 함께하지 못하는 세상은 납덩어리처럼 차갑고 거친 것이니까. 만일 너를 찾지 못하거나 네가 나를 거부한다면 목숨은 의미가 없었어. 생각해 둔 것도 있었지. 기찻길에 뛰어들거나 고층 건물에서 뛰어내리는 방법 같은 거 말이야.

    비행시간은 정말 길었어. 가도 가도 끝이 없는 터널을 지나는 것 같았지. 한국에 도착했을 때는 내가 한층 작아진 기분이었어. 내 몸이 오그라들었는지 사람들도 거리도 그리고 건물들까지 너무 커 보였지. 그래서 오히려 꿈을 꾸는 듯하더군. 어디로 향하든 기시감이 일었어. 모든 게 꿈속에서 봤던 듯했지. 네가 사는 곳에 다가갈수록 한 가지 장면이 떠올랐어. 조금 전에 내가 해줬던 그 꿈 말이야. 절벽에서 굴러떨어져 내 팔다리가 네 것과 서로 섞였던 그 이야기가 머릿속을 떠나지 않는 거야.

    네 집을 찾기는 어렵지 않았어. 해안을 낀 작은 마을에 집이라곤 몇 채 없었으니까. 넌 그곳에서도 외진 곳에 살고 있더군. 문 앞에 도착했을 때였어. 갑자기 네가 나를 기다리고 있을 거란 생각이 들었지. 그때부터 눈앞에 보이는 것은 영화의 한 장면처럼 다가왔지. 파도가 비현실적으로 느리게 출렁이며 숨을 죽였고, 먹장구름을 잔뜩 안은 하늘은 곧 쏟아낼 비를 간신히 움켜쥔 것 같았어. 문을 열고 나온 사람을 보았을 때, 나는 소스라치게 놀랐고 비명을 지를 뻔했지. 말도 안 되는 일이었어. 네가 아닌 제시카의 얼굴이 불안에 찬 표정으로 나를 바라보았지.

지금부터 내가 하는 말은 사실이야. 그녀는 차츰 표정을 풀더니 미소 짓기 시작했어. 그러고는 조금 소리를 내어 웃었지. 천박한 웃음이었어. 그녀는 가운을 걸치고 있었는데 가슴의 굴곡이 살짝 내비쳤지. 내가 무슨 생각을 했는지 알아? 순간적으로 우리의 모든 비극이 그녀에게서 시작되었다는 생각이야. 그녀는 수녀에서 암캐가 되어 우리를 갈라놓았고, 심지어 오빠인 너와 간음까지 했을 테지. 그리고 네게 말했겠지. 나를 두 번 다시 만나선 안 된다고 말이야.

그녀는 웃음을 그쳤고 눈빛이 점점 짙어졌어. 요염하다고 해야 할까? 아니면 고혹적이라고 해야 할까. 푸른 눈동자가 점점 보랏빛으로 변해가더군. 난 보았어. 그건 분명…. 그건 뱀의 눈이었어. 나는 그녀를 밀쳐 침대에 넘어뜨렸어. 눈 감아. 그런 눈빛으로 보지 말란 말이야, 하고 소리쳤지. 그녀는 내 말에 아랑곳없이 시선을 피하지 않았어. 나는 그녀의 가슴에 두 손을 올리고 힘껏 쥐어짰지. 그녀는 비명도 지르지 않았고 표정도 그대로였어. 나는 결심했지. 여기서 끝내자. 우리가 처음으로 돌아가기 위해서라면 이 여자는 사라져야 한다. 하지만 어떻게 해야 할지 알 수 없었어.

나는 몸을 일으켜 집을 나섰어. 어디를 향하는지도 모른 채 뛰기 시작했지. 발목까지 덮이는 질척한 흙과 음산한 소나무 그늘로 덮인 모래밭이 내 다리를 휘청이게 했어. 그렇게 뛰다가 심장이 터져 버리기라도 하길 바랐지. 다리를 더 움직일 수 없게 되었을 때, 나는 드러누워 하늘을 응시했지. 달은 게걸스럽게 침 흘리듯 빛을 뿜었고 파도는 죽은 듯 멈춰 있었어. 그녀가 섬겼다는 신에게 물었지. 대답은 없었어. 어스름한 새벽빛이 하늘에 감돌기 시작하자 내 머릿속도 밝아졌지.

그날, 해가 뜨고 다시 지기까지 기묘한 경험을 했어. 눈을 뜬 채, 잠들지 않은 채로 꿈을 꾼 거야. 별빛이 어둠을 뚫고 나오기 시작할 때였어. 나도 모르게 자리에서 일어났지. 그리고 그녀가 있는 곳으로 향하기 시작했어. 여전히 꿈을 꾸는 중이었지. 꿈속이니까 무슨 짓을 하든 상관없었을 테지. 열려 있는 창문으로 집에 들어갔어. 그녀는 잠들어 있더군. 몸에 아무것도 걸치지 않고, 다리를 아무렇게나 벌린 채로였어. 그녀의 가늘고 흰 목에 내 손을 감쌌어. 순간이었지. 그녀가 외마디 신음조차 내뱉지 못하고 고개를 늘어뜨리더군. 그녀를 들어 안고 해변으로 향했어. 검은 파도가 매서운 소리를 내며 철썩였지. 바닷물에 허리가 잠길 때까지 걸어갔어. 달빛에 젖은 그녀의 얼굴이 번득거렸지. 그녀를 놓아주기까지 두려운 마음은 들지 않았어.

집으로 돌아와 침대에 누웠어. 네 체취를 맡을 수 있었지. 마치 네가 내 옆에 있는 듯했고 나는 눈을 감자마자 잠에 빠졌어. 그렇게 편안한 잠은 몇 년 만인지 몰라. 그렇게 평화로울 수 있다면 영원히 잠들어도 좋겠다 싶었지. 하지만 오래가지 못했어. 익숙하지만 언제 만나도 소름 끼치는 악몽이 잠에 스며들었지.

동굴 속이었어. 검푸른 빛이 희미하게 감도는 음습한 곳이었지. 머리가 지끈거렸어. 주위를 둘러봤지. 습기 먹은 벽 사이사이로 검은 액체가 흘러내리고 있더군. 나는 반쯤 닳아 없어진 청바지 차림이었고 손에 상처가 가득했어. 갑자기 머릿속에 불꽃이 튀듯 통증이 일었고 반사적으로 머리에 손을 갖다 대었지. 끈적이는 액체가 흐르며 손을 적셨어. 손을 들여다보니 파란색 액체가 묻어 있었지. 이것이 피라면 어째서 파란색일까. 멀리서 네 목소리가 들렸어. 중얼거리는 소리였는데 무슨 염불을 외는 듯하기도 하고, 잠꼬대하는 것 같기도 했지. 한 발씩 다가갈수록 목소리는 떨리고 갈라졌어. 마침내 네 모습이 보이기 시작했지. 너는 웅크려 앉은 채 무언가를 들여다보고 있었어. 굳기 시작한 피가 관자놀이에 고여 있었지. 네 피는 분명 붉은색이었어. 네 앞에 서자 너는 고개를 들고 손에 든 것을 건네주었지. 그건 사진이었어. 내가 제임스 박사의 집에서 보았던 그 사진이었지. 나는 소스라치게 놀랐어. 사진 속에서 제시카는 나를 노려보았지. 얼굴 가득 피 칠갑을 한 채로 말이야.

잠에서 깨어나며 몸을 뒤척이다가 누군가 팔에 감기는 느낌이 들었어. 나는 드디어 네가 왔다고 생각했지. 그런데 축축했어. 눈을 뜨는 순간 내 심장이 서늘해졌고 그대로 멎어버리는 줄 알았지. 파랗게 변해가는 제시카의 시신이 내 옆에 눕혀 있었어. 나는 미친 듯이 너를 불렀고 걸어 나가면서 여기저기 부딪히고 넘어졌지. 거실에 나왔을 때 나는 절규했어. 눈앞에 보이는 걸 믿을 수가 없었던 거야. 빨랫줄에 목이 감긴 채 천장에 매달려 있는 네 모습을 말이야. 그게 꿈이 아닌 걸 깨닫기까지는 오랜 시간이 들지 않았어.

    그 뒤로는 어떻게 했는지 아무런 기억이 나지 않아. 너를 쳐다보며 끊임없이 이야기하는 것 외에는 말이야. 저리던 오른손에 이젠 감각이 희미해지고 있어. 피가 소파 가죽에 고여 엉덩이가 젖었어. 맥박에 맞춰 꾸역꾸역 피를 뱉어내던 손목은 차갑게 굳었어. 말할 기운이 떨어져 가네. 시야는 점점 하얗게 물들고 있어. 추워. 눈이 감기기 시작해.

3

눈먼 방랑자

첫 느낌? 그건 잘 모르겠네. 향을 맡았지. 자극적인 싸구려 향수는 아닌 것 같더군. 고개를 들어 보니 그녀가 재미있다는 표정으로 나를 내려다보고 있었네.

알다시피 나는 주말이면 거리의 화가가 되어 초상화를 그렸네. 토요일이 되자, 그날도 어김없이 혜화동으로 향했지. 한여름의 열기로 거리가 끓는 듯 뜨거웠네. 대학로 마로니에 공원이 북적거릴 줄 알았는데 의외로 한산하더군. 그만큼 덥긴 했지. 초상화 그릴 손님을 기다리는 그림쟁이들도 몇 되지 않았네. 나는 작은 나무가 서 있는 구석진 곳에 자리를 잡았지. 뭐, 나야 돈벌이를 위해 나온 것은 아니었으니 말이야. 당시, 나는 그림의 소재가 떠오르지 않아 초조했네.

스케치를 시작했네. 나는 인물화 외엔 관심이 없지만, 그날 그리려 했던 것은 다소 기괴했지. 나무를 사람으로 형상화한 그림이었네. 그건 전날 꿈에서 보았던 이미지였지.

흥미롭네요.

그녀가 말했네. 그림을 보기 위해 고개를 내 얼굴 가까이 숙였기에, 그녀의 늘어진 머리카락이 내 이마에 살짝 스쳤지. 그녀의 향기가 내 폐부를 찔렀네. 순간 아찔한 기분이 들더군. 잠시 세상이 멈추는 듯했고 수많은 여성의 이미지가 그 위로 흘렀네. 독특한 경험이었지. 검은 수면 아래 잠겨, 떠오를 기미가 없던 영감이 순식간에 물보라를 일으키며 솟는 것 같았지.

그녀는 다시 허리를 펴며 나를 바라보았네. 짙은 붉은 빛 선글라스를 쓰고 있었기에 눈동자는 어디로 향하는지 알 수 없었네. 서로 눈을 맞춘다는 건 의미 없었지. 나는 그녀의 몸을 눈으로 훑었네. 검은 원피스를 입고 있었는데, 가슴 위와 어깨 쪽은 망사로 된 옷이었네. 치맛단은 한쪽이 무릎을 살짝 가릴 정도로 내려왔고 다른 쪽은 더 짧아서 무릎이 훤히 드러나는 형태였네. 그녀의 목과 종아리는 검은 옷에 대비되어 무척 희어 보였지.

그녀가 뭐라고 말했네. 나는 잠시 정신이 멍한 상태였고 그 말을 알아듣지 못했지. 정신을 차리고 나니 그녀가 했던 말이 머릿속에 떠올랐네. 그림을 그려달라는 것이었는데, 자기 신체의 일부를 그려주었으면 한다는 말이었네.

무엇을 그려드릴까요?

나는 물었네. 그녀는 입술을 조금 벌려 하얀 이를 보이더니 간이의자에 앉았지. 다리를 꼬고 앉는 바람에 치마가 올라가고 상아처럼 반들반들한 허벅지가 드러났네. 허리를 굽혀 오른쪽 샌들을 벗더군. 그녀는 자기 발을 가리켰지.

자네 생각은 어떤가. 정신과 의사의 관점으로 보았을 때, 나는 어떻게 해야 했을까. 내게 페티시즘이 있는 건 사실이지만 자네가 진단했듯이 도착증까지는 아니었네. 하지만 그녀의 발을 살펴보다가 흥분한 건 사실이네. 대체 그녀는 누굴까. 어떤 여자가 처음 보는 거리의 화가에게 발을 그려달라고 하는 것일까.

그녀의 발은 어린아이 것처럼 발그레했고 주름 하나 없었네. 발가락은 가지런하고 발톱도 매끈하게 다듬어져 있었지. 스케치하는 동안 내 눈이 흔들렸네. 얼굴도 달아 있었을 걸세. 흥분에 젖었다는 걸 들키지 않으려고 숨마저 조심스레 쉬어야 했지.

 완성된 스케치를 내밀었네. 그녀는 꽤 흡족해하는 표정을 지었지. 내가 마음을 가라앉혔을 땐 대학로 쪽으로 사라져 가는 그녀의 뒷모습이 보일 뿐이었네. 그제야 나는 깨달았지. 그 발을 스케치하는 동안 기묘한 쾌락에 빠져 있었단 사실을 말일세.

 일주일이 지난 뒤 그녀가 또 찾아왔네. 이번에는 왼쪽 발을 그려달라고 했지. 나는 설레는 가슴을 진정시키며 그녀를 쳐다봤네. 여전히 선글라스를 쓰고 있었기에 어떤 눈빛을 띠고 있는지는 알 수 없었지. 그런데 이게 웬일인가. 윤기라고는 하나도 없는 가무잡잡한 발을 내 눈앞에 내밀더군. 게다가 작은 흉터가 발등에 새겨져 있었지. 나는 눈을 돌려 그녀의 오른발을 훔쳐봤네. 그날은 청바지에 단화 차림이었기에 발목만 볼 수 있었지. 신발 안에 감춰진 발을 보고 싶어 애가 탔네. 겨우 욕망을 억눌렀으나, 왼발을 그리는 것은 무척 힘든 일이었지. 자꾸 오른발이 머릿속에 그려져 이미지를 흐렸거든. 그녀의 오른쪽 단화를 벗기고 싶은 충동과 싸워야 했네.

 어렵게 스케치를 마치고 그녀의 표정을 살폈네. 그녀는 고개를 갸웃하다가 잠시 뒤 끄덕였지. 그러고는 또 유유히 사라져 갔네.

다시 일주일이 흐르는 동안 마음이 어지러웠네. 그녀는 왜 발을 차례로 그려달라고 했을까. 나는 왜 그것들을 전혀 다른 사람의 발인 것처럼 느꼈을까. 이걸 어떻게 표현해야 할지 모르겠지만, 마치 사랑스러운 연인이 일주일 만에 추해진 모습으로 나타난 것 같았네. 그런 의문을 품다가 걱정에 잠겼지. 다시는 그녀를, 아니 그녀의 오른발을 못 보는 게 아닐까, 하고 말일세. 그녀의 눈을 보지 못했기에 그녀의 인상착의가 잘 떠오르지 않았네. 신기루처럼 나타난 그녀는 한여름이 낳은 환상의 존재였을까?

불행히도 다음 토요일에 그녀는 나타나지 않았네. 그 뒤로 며칠 동안 많은 비가 쏟아졌지. 그 비는 내가 스케치하며 한껏 타올랐던 흥분을 잠재웠네. 여름이 물러가는 시기가 다가오면서 그녀에 대한 기억도 희미해져 갔지.

어떤가. 지금까지 한 이야기에 흥미가 이는가? 거기서 끝이냐고? 천만에. 그랬다면 아예 이 이야기를 꺼내지 않았을 걸세. 지금부터 내가 어떻게 미쳐갔는지 말해주겠네. 물론 자네에게 필요할 테니 아내에 관한 이야기를 먼저 하는 게 좋겠군. 술은 아예 마시지 않을 텐가? 탈리스만이라

별론가? 내 처지가 이렇게 된 뒤로 나는 이 싸구려 위스키만 마셨네.

  아내, 그러니까 한나에게 처음 사 주었던 술이기도 하네. 프랑스에서 유학하던 시절이었지. 당시 나는 궁핍하게 살고 있었네. 아버지가 가산을 말아먹고 병상에 누웠기에 학비마저 끊긴 상황이었네. 한국으로 돌아갈 항공료도 마련할 수 없었지. 일자리를 찾기도 쉽지 않았네. 내가 외국인이기도 했지만, 부유하게 살아온 내 습성에 고용주들은 오래 인내하지 않았지. 나는 거의 노숙자처럼 살았네.

  그렇게 떠돌아다니다가 몽마르트르에 이르렀네. 테르트르 광장에서 햇볕을 쬐고 있는데, 누군가 내 이름을 부르는 소리가 들리더군. 돌아보니 곱슬곱슬한 금발이 어깨까지 늘어져 있는 청년이 보였네. 그가 누군지 못 알아볼 리가 없지. 같이 다녔던 파리 국립 미술학교, 에콜 데 보자르에서 회화를 전공했던 친구였네. 그는 한 해 전 졸업했기에 그 뒤로 볼 기회가 없었는데, 우연히 그렇게 만난 것일세.

  그 친구의 집안은 부유했던 걸로 아네. 항상 고급스러운 옷을 입고 씀씀이도 컸지. 그런 그가 그 광장에서 거리의 화가가 되어 온종일 그림만 그렸던 걸세. 의외였네. 그가 말하더군. 지금이 가장 행복해. 모두가 내 그림에 만족하거든.

한 아가씨가 다가왔네. 커다란 파란색 눈을 히잡 속에서 굴리는 아랍계 여자였네. 그는 말 몇 마디를 나누다가 그녀의 모습을 그리기 시작했지. 나는 그가 작업하는 모습을 지켜보았네. 화려한 원색을 과감히 쓰면서도 전체적으로는 차분해 보이는 기법을 구사하더군. 여자는 완성된 초상화를 보며 웃음을 활짝 지었네. 하얀 얼굴에 화사한 빛이 감돌았지.

어두워지자, 그는 나를 데리고 작은 레스토랑에 갔네. 꽤 좋은 와인을 시켰고 나는 금세 한 병을 비워버렸지. 그는 자신의 사연을 이야기해 주었네. 졸업한 지 얼마 지나지 않아 전시회를 열었나 보더군. 물론 부모의 힘을 많이 빌린 것 같았네. 평론가의 평은 나쁘지 않았지. 그런데 어느 기자가 낸 기사 하나로 처참히 무너져 내린 것이네. 그의 대표작이라 할 수 있는 그림이 이미 발표된 누군가의 작품을 표절했다는 기사였네. 그의 그림은 이미 값비싸게 팔린 뒤였지. 그 뒤로 여러 소동을 겪으면서 환멸을 느껴 방황한 모양이네. 표절을 가장 추악한 악행으로 여겼던 그

였으니 말이지. 하지만 알 수 없는 일을 당한 거야. 거의 유사한 그림이 이미 존재했으니 항변할 상황이 아니었지. 그는 붓을 꺾을 결심도 생각했다더군.

그 뒤로 광장에서 그림을 그리게 된 과정을 말할 때까지 테이블에는 빈 와인병이 세 개로 늘어나 있었네. 거의 내가 다 마셨지. 그는 한두 잔 조금 따라 홀짝였을 뿐이니까. 그는 내 사정을 전해 듣고 한 가지 제안을 하더군. 자신은 주말에만 광장에 나오니까, 평일에는 그의 자리에서 그림을 그려도 좋다고 했네. 자릿세를 낼 여유도 없던 내겐 소중한 기회를 얻은 셈이지.

관광객은 평일에도 끊이지 않았네. 덕분에 난 적당히 돈을 쥘 수 있었고 차츰 안정을 찾았지. 물론 그 바닥에서 잘 알려지지 않았기에 적당히 호객도 해야 했네.

그렇게 지낸 지 한 달쯤 지났을 때였네. 손님이 될 만한 사람을 찾아 말을 걸고 있다가 한 동양인 여자를 만났네. 몇 마디 나누다가 한국인이라는 사실을 알게 되었지. 머리를 초콜릿 색으로 염색했고 화장도 짙었지만, 꽤 부티가 나는 여자였네. 그녀는 검은 버버리 재킷과 바지를 입고 있었지. 추운 날씨가 아니었는데도 단정하게 격을 갖춘 차림이었네. 그녀는 잠자코 나를 따라와 간이의자에 앉았지.

그런데 날씨가 이상하게 변하기 시작했네.

갑자기 먹구름이 하늘을 뒤덮었지. 금세라도 비가 내릴 듯 바람도 불고 쌀쌀했네. 습기를 먹은 도화지 위에서 연필이 헛돌더군. 그래도 나는 최선을 다했지. 윤곽이 드러날 즈음, 나는 폭풍에 뒤덮인 언덕에서 그림 한 장을 완성한 기분이었네. 그런데 제기랄, 갑자기 비가 쏟아졌네. 도화지 속 선이 번져서 한마디로 망쳐버렸지. 그녀는 오히려 작은 소리로 웃더군. 우리는 비를 피해 어디로든 달려야 했네. 그러다 향한 곳은 사크레쾨르 대성당이었지. 그날따라 음산해 보였네. 돔 형태의 지붕 세 개가 나란히 서서 무슨 형을 집행하는 사람처럼 우리를 내려다보는 듯했지. 그녀는 묵묵히 안으로 들어가 한가운데에 자리 잡고 연단을 바라보았네. 그러고는 아무 말도 하지 않더군.

이보게, 인간 세계에서 정말 무서운 것 중 하나는 깨지지 않을 듯한 침묵일세. 암묵 속의 침묵은 영원할 것 같았고, 나는 그 무거운 시간을 버텨내야 했네. 시간이 긴 굴곡처럼 흘렀고 벌겋게 달궈지는 듯했네. 마치 그 공간을 곧 태워버릴 듯이 말일세. 나는 두 팔 벌린 예수의 천장 벽화를 보며 두려움을 느꼈네. 예수의 흰옷이 점점 붉게 변하는 듯했지. 그것이 불꽃을 일으키며 활활 타오르는 이미지가 머릿속에 그려졌네.

입장 시간이 거의 종료될 때까지 그녀는 굳어버린 고목처럼 앉아 있었지. 성당에서 나오자 그제야 입을 열었네. 소리를 들었어요? 그 낮은 곳으로 한없이 가라앉던 소리 말이에요. 나는 의아하다는 표정을 지으며 그녀를 바라보았네. 그녀의 눈은 세상의 모든 어둠을 흡수한 듯 새까맸는데, 반짝이는 눈빛에 냉기가 서려 있었네. 시선을 마주하던 나는 몸이 얼어붙는 듯했지.

우리는 광장 구석진 곳에 나란히 앉았네. 그녀가 가방에서 납작하게 휜 스테인리스 플라스크를 꺼내더니 뚜껑을 열고 들이마시더군. 플라스크 앞면에 양각으로 장식된 순록 문양이 금세라도 살아 튀어나올 듯 정교했지. 그녀는 그것을 내게 내밀었네. 무심코 한 모금 입에 붓자, 기침이 나왔네. 평생 맛본 적 없는 독주였네. 그렇게 몇 번 번갈아 마시는 사이에 나는 몽롱한 기운에 빠졌네. 문득 그녀의 검은 드레스가 그녀와 잘 어울린다는 생각이 들더군. 그녀가 두 번째 플라스크를 꺼냈네. 갈색 가죽 커버로 덮여 있었지. 이번엔 진짜예요. 그녀가 말했네. 하지만 나는 맛을 구분하기 어려울 정도로 혀가 얼얼해 있었지. 두어 모금 마시고는 취기가 올라 어질어질했네.

그것을 모두 비웠는지는 기억나지 않는군. 언덕 아래로 향하며 그녀를 따라 걸었는데, 띄엄띄엄 기억날 뿐이고, 어느 바에 들러 테킬라를 마셨던 것 같네. 그곳에서 그녀는 긴 넋두리를 하듯 이야기했지. 자신은 오스트리아에서 유학하며 바이올린을 전공했는데 오늘부로 그렇지 않다는 것, 가장 낮은 음을 자아내기 위해 콘트라베이스를 품에 안았다는 것, 마음을 정리하려고 파리로 여행 온 길에 나를 만났다는 것, 조금 전 성당에서 결심을 확고하게 굳혔다는 것, 그리고 이 순간, 자신이 입어야 했던 껍데기를 벗어버리고 싶다는 것….

우리는 홍등에 젖은 골목길에서 서로에게 기대 비틀거리며 걸었네. 갑자기 그녀가 울음을 터뜨렸고 나는 한참 동안 그녀를 안아주었지. 그러고는 내 눈앞에 어른거렸던 것은 무엇이던가. 노란 불빛이 희미하게 타고 있는 방에서 그녀는 옷을 벗었지. 그녀의 허벅지와 가슴은 하얗다 못해 눈이 부실 지경이었네. 나는 어질어질했지. 내 손은 붓이 되었네. 그녀의 굴곡진 몸은 붓질을 기다리는 캔버스인 셈이었지. 아침에 일어났을 때, 그녀는 사라지고 없었네. 탁자 위에 메모를 남겨 놓았더군. 오늘 다시 초상화를 그려 달라는 메시지였지. 나는 밖으로 나와 카페에서 커피를 마시고 광장으로 향했네.

광장에 이르러서야 오늘이 토요일이라는 사실을 떠올렸지. 아니나 다를까 내 자리는 이미 원래 주인이 차지하고 있었네. 그가 내려뜨린 금발이 햇살에 젖어 반짝였고, 그는 제법 상기된 얼굴이었지. 맞은편에는 그녀가 앉아 있었네. 나는 쭈뼛거리며 그들에게 다가갔는데, 그들은 내 인기척을 느끼지 못하더군. 이젤 위를 가르는 그의 손은 어느 때보다도 조심스럽고 정교했네. 그녀 역시 어제와는 다른 정숙한 느낌을 주었고, 표정이 밝았지. 나는 멀찍이 떨어진 곳에서 그들을 바라보기만 했네. 왠지 그들을 둘러싼 유리 벽 같은 것이 내 앞에 서 있는 듯했지.

마침내 그가 활짝 웃으며 연필을 놓았네. 손으로 금발을 쓸며 그 사이에 박힌 햇살을 털어내었지. 그녀는 초상화를 받아 보고는 눈물을 글썽거렸네. 감격한 모양이더군. 나는 뒤돌아 걸었네. 그것이 파리에서 본 그녀의 마지막 모습이었지.

그녀를 다시 만나게 되기까지는 7년이 걸렸네.

파리에서 한국으로 돌아온 뒤로도 내 형편은 크게 나아

지지 않았네. 전국을 돌아다니며 지역에서 축제가 열리면 겨우 자리 하나 마련해 그림을 그렸지. 그런 방랑 속에 3년을 흘려보냈네. 궁핍했지만 불행한 삶은 아니었지. 그림을 그릴 수만 있다면 영혼이 뭉개져도 좋았으니까.

그런 내게 던져진 커다란 행운을 어떻게 설명해야 좋을까. 가는 비가 흩날리는 초겨울, 우중충한 날씨였네. 인사동 거리를 거닐다가 단골 주점에 들러 소주잔에 술을 따랐지. 텅 빈 속에 술을 들이부으니 창자가 꼬이며 꾸르륵 소리를 냈네. 나는 몹시 지쳤고, 내가 가진 희망은 음산한 하늘의 작은 조각으로도 남아 있지 않았네. 술을 들이켤수록 내 몸은 점점 쪼그라드는 듯했지. 이러다 내가 사라지지나 않을까 하는 걱정에 몸을 일으켜 밖으로 나왔네. 몇 걸음 걷는 동안 빗방울이 얼굴을 할퀴며 흘러내렸지. 골동품 가게 앞에 서서 안을 들여다보았네. 기괴한 형상의 목공예 작품을 두고 가게 주인과 나이 든 남자가 말을 주고받고 있더군. 잠시 뒤, 남자가 문밖으로 나왔네. 젊은 여성이 재빨리 우산을 펼쳐 그의 머리를 가렸지. 남자는 담배를 꺼내 들었고 여자가 불을 붙인 라이터를 대었네. 남자는 희끗한 머리를 가졌고 캐시미어로 지은 외투 차림이었네. 나이는 예순쯤 되어 보였지. 그가 갑자기 나를 쳐다보더니 시선을 거두지 않았네. 희미한 웃음이 그의 입가에 스며들었지.

이런, 혹시 두호 군 아닌가?

나는 눈을 동그랗게 떴네. 내 이름을 어떻게 알았을까. 재빨리 머릿속을 굴려보았지만, 그 남자에 대한 기억은 티끌만큼도 없었네. 그는 고개를 갸우뚱거리면서 나를 빤히 쳐다보았네. 그러고는 틀림없어, 하고 말하며 내게 다가왔지.

내 침묵이 그의 질문에 대한 대답이라고 여겼는지 그가 크게 미소를 지었네. 정 사장님의 자제분이지? 그는 물으며 손을 내밀었네.

그 주 주말, 나는 그의 집에 초대받았네. 한강이 한눈에 내려다보이는 반포동 고급 아파트였지. 그는 아버지와 같이 사업을 했는데, 한때 아버지에게 큰 신세를 진 모양이었네. 내가 한국에 돌아왔을 땐 아버지가 이미 이 세상 사람이 아니었다는 이야기를 듣고는, 그가 한동안 슬픈 표정에 잠기더군. 그러고는 내 삶에 관해 물었네.

그로부터 한 달 후, 나는 화랑을 운영하게 되었네. 안국동에서 가장 큰 화랑이었네. 그 남자는 임대료도 받지 않았고 내게 마음껏 쓰라고 했지. 꿈만 같았네. 처음에는 내 작품 위주로 전시했네. 그러다가 돈에 욕심을 내면서 점점 유명한 화가의 작품을 들이기 시작했지. 유명 인사들이 몰렸고 나는 큰돈을 만졌네.

나는 빨간색 페라리를 몰았네. 옆자리에 젊은 미녀를 태우고 말이야. 본성이 살아났을까. 닥치는 대로 마셨네. 매일 밤 파티를 마치면 침대 위에는 다른 여자가 누워 있었지. 그들의 얼굴은 기억나지도 않네. 가슴의 크기도 허리의 굴곡도 떠올릴 수 없네. 내게 무한한 흥분을 주는 것은 그들의 발뿐이었으니까.

더는 그림도 그리지 않았네. 그런데 그런 쾌락의 나날이 나를 즐겁게 했을까? 나는 그저 먹어치우고 있었을 뿐이네. 냄새도 맡지 않고 먹잇감을 꿀떡 삼키는 것처럼.

관성처럼 탐욕을 채우던 일상을 조각낼 날이 나를 기다리고 있을 줄은 몰랐네. 3층 집무실에서 꾸벅꾸벅 졸다가 눈을 떴는데 왠지 낯선 장소에서 깨어난 기분이었지. 아래로 터벅터벅 걸어 내려갔네. 음악이 멎어 있었고, 직원들은 어딘가에 숨어 낮잠이라도 자는지 보이지 않더군. 한 여자가 창가 쪽에서 작품을 바라보고 있었네. 감미롭고 나른한 햇살이 그녀의 목을 두르며 흘러내렸고 그것에 젖은 실크 드레스가 에메랄드 빛깔을 띠었네. 그녀는 빨간 원피스를 입은 여자아이의 손을 쥐고 있었지. 그녀가 시선을 문은 그림은 내 작품이었네. 지금은 한구석으로 밀려나 걸려 있는, 아무도 관심을 주지 않는 작품이었지. 나는 점점 이상한 기분이 들었네.

성당에서 고뇌하는 여인의 모습을 그린 그림이었네. 파리를 추억하다가 떠올리며 붓을 든 적이 있었지. 나는 헛기침을 하며 그녀의 주의를 끌었네. 그녀는 서서히 뒤돌아 나를 바라보았지.

기이한 매력을 품은 얼굴이었네. 미인형은 아니었지만, 눈매가 관능적이었고 콧날이 오뚝했지. 머릿결은 굽이져 볼륨이 풍성했고 얼굴은 세련되게 화장했더군.

이 그림은 값이 얼마나 하나요?

그녀가 물었고 나는 고개를 조금 기울여 그녀의 눈을 관찰했네. 순간, 장난스럽게 수작을 걸고 싶은 마음이 들었지. 나는 말했네.

그건 팔려고 내놓은 작품이 아닙니다.

그녀는 고개를 갸웃거리며 웃었는데, 재미있다는 표정이었지. 나는 말을 이었네.

그 그림은 자기 주인을 기다리는 중이거든요.

그 주인은 아직 나타나지 않았다는 건가요?

네. 그런데 당신처럼 뛰어난 안목을 가졌다면 주인이

될 자격도 있어 보이네요.

주인을 기다린 지 얼마나 되었나요?

7년 정도 됩니다.

그녀는 다시 등을 돌려 그림을 바라보았네. 한동안 침묵이 이어졌는데, 언젠가 경험했을 듯한 침묵이더군. 한껏 밀려왔던 물결이 그 정적 속에서 쑥 빠져 물러나는 것 같았네. 내 머릿속에 검은 자갈 하나를 남기면서…. 수증기인지 연기인지 모를 희미한 올 같은 것이 아른거렸네. 내 기억을 피워올리는 것이었을까. 내 시야는 모두 그녀의 드레스에 빨려 들었고 어느새 파리의 그 우중충한 언덕이 스며들었네. 순식간이었지. 내 그림 속 여자의 얼굴과 그녀의 얼굴이 겹치기까지는 말일세.

눈치챘는가? 그녀가 바로 내 아내 김한나라는 사실을?

우리가 부부가 되기까지는 긴 시간이 필요하지 않았네. 다시 만난 그녀와 가깝게 지내면서 끊임없이 채워지는 무언가를 느꼈거든. 느슨하고 말랑하던 내 존재가 꼭 조여졌고 꼿꼿해졌지. 난장판이 된 내 방을 깔끔히 정돈한 기분이었네.

나는 예전의 모습을 되찾았네. 그림도 다시 그렸고 열

정을 쏟아내며 삶의 또 다른 면을 접했지. 한나는 연주자의 삶을 접고 소설 작가로 거듭나 살고 있었네. 나는 그쪽엔 문외한이어서 잘 모르지만, 꽤 유명한 모양이더군.

우면산을 등진 그녀의 집은 잔디정원을 낀 2층 주택이었네. 그녀와 그녀의 딸이 살기에는 컸지만, 생각보다 소박한 느낌이 풍겼네. 그녀는 온종일 정원 탁자에 앉아 글을 썼지. 비가 세차게 몰아치는 날에도 파라솔 밑에서 노트북에 매달렸네. 연주회가 있는 밤이면 딸 지예의 손을 잡고 예술의전당으로 향했지. 걸어서 10분밖에 안 되는 거리였네. 돌아올 땐 눈빛이 마성에 젖어 있더군. 예술에 대한 집착이 강했네.

지예는 바이올린 수업을 받고 있었네. 나는 화랑 일에 소홀해졌고, 한나에게서 멀찌감치 떨어진 정원 구석에 이젤을 펼친 채 한낮을 보냈지. 아내가 된 한나의 모습을 자주 그렸네. 지예가 켜는 바이올린 선율이 흘러나와 정원에서 춤을 추더군. 더할 나위 없이 평온했고, 설명이 필요 없는 단조로움이 시간에 녹아들었네. 우리 가족을 보호하는 견고한 유리가 그 집에 차양을 쳤다고 해도 믿을 수 있었을 거야.

아무도 침범할 수 없었는데…. 그 공간은…. 그러나 어디서 불어왔는지 모를 회오리에 유리 차양이 박살 났고, 발을 디디지도 등을 대지도 못할 파편의 공간으로 변했네.

 이제부터 하는 이야기는 믿지 않더라도 책망하지 않겠네.
 물론 나는 망상증 환자가 아닐세. 정신과 전문의인 자네가 진단했으니 잘 알지 않겠나.
 그 모든 파멸의 시작은 지예의 눈이었네.
 먼저 이 얘길 해야겠군. 아내와 나의 관계에 대해서 말일세. 상상조차 하기 힘들 걸세. 우리는 부부가 된 이후로 한 번도 같은 침대에 누운 적이 없네. 나는 깊은 밤이면 이따금 그녀의 침실에 들어가 잠든 그녀를 바라보았네. 잠결 속에서 그녀는 마치 기도문이나 주술을 외는 사람처럼 말하더군. 처음엔 그녀의 잠꼬대겠거니 여기며 지나치려 했네. 하지만 그녀의 반복된 말이 쌓여 어느 순간 내 뇌리에 완성되었지.

 검은 눈이여, 정염의 눈이여,
 불타오르는 아름다운 눈동자!
 당신을 얼마나 사랑하는지, 얼마나 두려워하는지!
 분명, 불운한 시간에 당신을 봤어요!

내 목에 맺혔던 식은땀이 등을 타고 흘러내렸네. 불쾌한 기분에 젖었지. 땀이 숭숭 새어 나와 내 피부와 유리된 느낌을 준 경험은 처음이었거든. 몸에 방울져 굴러가는 땀방울을 느끼며 오싹한 소름이 돋았지. 왜냐고?

여러 번 들었던 연극의 대사 같았거든. 맙소사. 그건 지예가 나에게만 몰래 하던 말이었네. 그림자를 보았다며 소동을 벌인 뒤에는 내 등에 매달려 그 말을 읊었지. 이걸 어떻게 이해해야 할까.

지예의 눈에 그 그림자라는 게 처음 들어왔을 때였네. 아이는 가위에 눌린 듯한 모습이었네. 거실에 열려 있던 유리문 앞에 서서 몽유병 환자처럼 눈을 반쯤 뜨고 몸을 흔들었지. 유령을 보는 듯했네.

내가 다가가 아이의 어깨에 손을 얹자, 송곳 같은 소리로 비명을 지르더군. 정원에서 아내가 달려왔고, 나는 아이를 다독이며 진정시키려 했네. 아내가 지예의 팔을 붙들었네. 그러자 지예는 고개를 흔들며 악을 썼지.

서너 차례 그런 일이 반복되었네. 그 뒤로 아이는 말을 잃은 듯했지. 더는 비명도 지르지 않았네. 하지만 나는 알 수 있지. 아이의 눈에 매일 그 그림자가 드나들었고, 그럴 때마다 눈에 맺힌 공포의 결정이 얼음 파편처럼 뚝뚝

떨어지는 것 같았네. 아이는 내게 매달려 한나가 잠결에 중얼거렸던 말을 빠르게 쏟아냈지.

이제 그 집에는 한여름에도 냉기가 돌았네. 아내는 말수가 적어졌고, 쓰던 글도 접었지. 실내에서도 선글라스를 썼네. 그랬기에 속마음을 엿볼 수도 없었지. 나는 지예를 병원에 데려가야 한다고 여러 번 설득했지만, 그녀는 내 말을 무시했네.

그렇게 얼룩진 여름이 흘러가고 있었네. 어느 날 밤, 아내는 한 손에 술병을 들고 내 방에 들어왔지. 탁자 위에 놓인 잔에 술을 따르고는 홀짝였네. 창가로 다가가 밖을 내다보면서 말하더군.

놀랄 거 없어. 지예는 내가 보았던 것을 보고 있을 뿐이야.

당신이 보았던 것?

그래.

그 그림자라는 걸 말이야?

응.

언제?

지예를 가졌을 때, 내 뱃속에 품었을 때.

맥이 풀리더군. 그녀는 당시의 기억을 풀어놓았지. 말을 들을수록 나는 어두운 숲속에 빠지는 기분이었네. 아내가 들려준 것은 마치 지어낸 이야기 같기도 했거든. 그녀는 소설가니까.

이야기는 그녀가 파리에 여행을 왔던 시기에서 시작되네. 그녀는 나와 헤어진 후 곧장 오스트리아로 돌아가지 않았다고 했네. 파리에서 열흘을 더 보낸 뒤 베를린으로 향했지. 거기서도 며칠 머물다 베를린 필하모닉 공연을 보고 폴란드의 바르샤바로 이동했네. 다시 리투아니아, 라트비아, 에스토니아를 차례로 거쳐 모스크바행 열차를 탔지. 그녀의 최종목적지였네. 모스크바에 도착한 날, 그것이 불행인지 축복인지 모르겠지만 그녀는 임신한 사실을 알게 되었지.

뭐라고? 그래. 그럴 테지. 나도 그 이야기를 듣는 순간, 지예가 내 친딸은 아닐까, 하는 생각을 떠올렸지. 하지만 아니었어. 지예의 혈액형을 검사했을 때 알게 되었지. 내가 생물학적 아버지가 아니라는 사실을 말이야.

한나는 밤을 꼬박 새웠고, 다음날 해가 뜨고 다시 질 때까지 고뇌에 젖은 채 호텔에 머물렀네. 그날, 크렘린 궁전에서 러시아 민속 합창단과 심포니 오케스트라의 협연이 있었는데, 그녀가 모스크바에 온 이유였기에 마음을 다잡고 호텔을 나섰네.

그 공연이 그녀를 사로잡았네. 러시아 민요, 특히 집시풍이 짙은 민요가 모든 혼란을 잠재우며 기묘한 흥분을 일으켰다고 하더군. 가슴에 둘러쳐진 장막이 열리는 순간과 같았다고 했네. 그리고 클라이맥스가 기다리고 있었지. 흐보로스톱스키라는 가수가 '다크 아이즈'라는 러시아 민요를 부르자, 그녀의 마음에 묘한 감정이 솟았고 꿈결 같은 시간이 흐르기 시작했네. 그때, 그녀는 처음으로 그 그림자를 보았지. 그것은 가수의 몸에서 슬그머니 빠져나와 허공을 유영했다더군.

그녀는 공연을 끝까지 볼 수 없었네. 홀에서 나와 모스크바강을 따라 하염없이 걸었지. 머릿속에서 '다크 아이즈'의 멜로디가 끝없이 맴돌았고 눈앞의 모든 게 그림자로 변해 흐느적거렸지. 그 러시아어 가사가 음절 하나하나 또렷이 기억났고, 거의 외울 수 있었네. 그것은 그 뒤로 그녀의 주문(呪文) 같은 것이 되어버렸지. 그림자가 나타날 때마다 그녀에게 그 주문을 강요했던 거야.

자네 생각은 어떤가? 말이 되는 이야기 같은가?

나는 아내와 아이 모두 치료가 필요하다고 생각했네. 아내는 그럴 생각이 없었고 아이도 그냥 내버려뒀네. 그러고는 서재에 틀어박혀 거의 나오지 않더군. 차츰 나는 유령이 머무는 집에 사는 기분이 들었고, 나조차 그림자 같은 존재로 변해가는 느낌이었지. 결국 집을 나섰고 화랑에 돌아갔네.

내 사무실에서 그림을 그려보려 했네. 하지만 실오라기 같은 영감조차도 일지 않더군. 물감을 풀어놓고 종일 캔버스 앞에 앉아 있었지만, 붓을 들지 못했네. 하얀 캔버스에는 먼지와 햇살만이 쌓여갔지. 내 손에는 위스키 잔과 담배가 번갈아 쥐어졌고, 그렇게 시간을 흘려보내다가 꾸벅꾸벅 졸기 일쑤였지. 밤마다 집에 돌아가야 한다는 사실이 내 마음을 짓눌렀네.

그런 생활도 잠시였네. 바로 그 사건이 일어나면서 말이네. 한밤중이었지. 전화를 받고 달려갔지만, 이미 끝장난 뒤였네. 창문으로 연기를 내뿜는 화랑에 끝없는 물줄기가 뿌려졌지. 전소한 건 아니었지만, 살릴 만한 작품도 남지 않았네.

나는 화랑을 잃었네. 페라리를 팔고 보험금을 합치자 겨우 빚쟁이는 면할 수 있었지. 그러나 나는 갈 곳이 없었네. 그래서 거리를 떠도는 화가가 된 거야.

마로니에 공원에서 차례로 발을 그려달라던 여자가 바로 해든이었네. 이제 내가 어떻게 그녀를 만났는지 이해하겠나? 그렇다면 그 이야기로 돌아가 보겠네.

해든과 두 번의 만남 이후, 나는 마로니에 공원을 떠나지 못했네. 그 기이한 두 발의 대비가 번갈아 마음을 휘젓더군. 그것은 불꽃과 얼음의 교차와 같았네. 내 심장의 반은 활활 타올랐고, 나머지 반은 꽁꽁 얼어 있었지. 나는 그녀의 두 발을 다시 그려보았네. 다양한 표현 기법으로 묘사했고 수많은 발 그림이 쌓였네. 하나하나가 내겐 누드 화보다 흥분을 일으키는 작품이었지. 나는 신비로운 숲속에 발을 들인 기분이었네. 수풀을 헤칠 때마다 영체가 담긴 꽃을 발견하듯 즐거움이 잇따랐지. 수줍게 오므리고 있는 하얀 꽃잎을 하나씩 따내며 더 깊은 곳으로 향했네.

어느 날, 갑자기 하늘이 어두워지더니 비가 후드득 쏟아졌네. 이젤을 접고 비를 피하려 가까운 나무 밑으로 걸어갔지. 내리는 비를 보고 있는데, 노란색 작은 우산이 다가왔네. 예쁘장한 꼬마 여자아이가 우산 아래에 있었고, 생글생글 웃으며 내게 손을 내밀었네. 그 손에 쪽지를 쥐고 있더군. 내가 받아 쥐자, 꼬마는 까르르 웃더니 뒤돌아 뛰어갔네. 쪽지에는 짧게 세 줄이 적혀 있었지.

밤 일곱 시

뤼미에르 카페

이해든

재빨리 주변을 둘러보았네. 꼬마는 어딘가로 사라졌고 공원은 비가 뿜어낸 수증기에 잠겼지. 우산에 가려진 사람들이 여기저기로 흩어졌네. 내가 찾는 얼굴은 어디에도 보이지 않았지.

수수께끼 같은 쪽지를 보낸 사람이 누구인지 생각할 필요도 없었네. 그리고 이름이 이해든이란 걸 알았지. 발 그림의 주인공 말이네.

카페는 걸어서 10분 거리에 있었지. 다섯 시밖에 안 되었는데도 나는 들어가 자리를 잡았네. 눈을 감고 팔짱을 낀 채 생각했지. 누굴까. 왜 이런 수상한 일들이 나에게 벌어지는 걸까. 그녀는 혹시 내 페라리에 태웠던 여자 중 한 명은 아닐까….

온갖 생각이 다 떠올랐지. 그도 그럴 것이, 흥청망청 살며 쾌락의 강을 헤엄치던 그 시절에 내가 누군가에게 상처를 줬을지도 모르니까. 카페에서 두 시간을 기다리며 점점 초조해졌네. 밀회를 즐기려 정부를 만나는 것 같아 긴장이 넘쳤거든.

일곱 시를 얼마 남기지 않았을 때, 덫일지 모르는 이 게임에서 발을 빼야 할지도 모른다고 생각했네. 그러나 내 다리를 묶어둔 것은 호기심이었네. 아직 그녀의 얼굴을 온전히 본 적이 없었거든. 그녀의 선글라스 뒤에 감춰진 눈을 보고 싶었네. 그래. 눈을 보면 알 수 있지. 모든 의도를. 반면 몸 구석구석을 보더라도 눈빛을 읽지 못하면 모두 헛본 게 되어 버리네. 그 작고 검은 동공 두 개가 그 사람의 정체성을 응축한 결정이라네.

결론적으로 말하자면, 거기서 멈추어야 했네.

그녀는 일곱 시가 지나 15분이 넘도록 나타나지 않았네. 기다리는 동안 내 속은 타들어 가면서도 호기심을 충족시켜야겠다는 욕망이 자라나 진지를 이루었지. 마침내 그녀가 나타났네.

가게 문에 달린 풍경 소리가 딸랑, 하고 울리며 문이 안으로 밀렸네. 내 장담하건대, 그건 어둠이 찬 동굴의 문이 열리는 순간이었네. 선글라스를 쓴 그녀가 좌우를 쓱 둘러보고는 내 자리로 다가왔지. 내 욕망의 진지에서 일제히 포탄을 쏘아 올렸네. 마침내….

그림을 부탁하려 해요.

그녀는 그렇게 말했는데, 상당히 도발적이었지. 나는 차분히 물었네.

그림이라…. 어떤 걸 원하죠?

그녀는 검지를 펼치더니 자기 얼굴을 가리켰네. 나는 묘한 흥분에 젖었지. 내가 다시 물었네.

초상화라면 공원에서 그려도 될 텐데요?

나신을 말인가요?

나는 헛웃음을 뱉었네.

나는 당신이 누군지 모르는데도?

당신이 그려야 해요.

왜죠?

제 발을 그렸으니까요.

거리의 화가라면 누구나 무엇이든 그리죠. 푼돈만 쥐여 준다면.

당신은 달라요.

어떤 점이?

내 발을 그렇게 관능적으로 묘사한 화가는 없었어요.

나하고 게임이라도 하자는 거요? 뭐 수수께끼 놀이 같은 겁니까?

비슷해요. 도박에 가깝지만.

뭘 거는 도박?

저는 제 몸을 걸겠어요. 당신은 영혼을 거세요.

문란한 삶에 빠졌던 나날에도 도박에는 손을 대본 적 없는 나였지만, 뇌에 전류가 흐르는 듯한 자극을 피할 수 없었네. 하지만 누군지도 모르는 사람과 그런 작업을 할 순 없는 일 아닌가.

좋소. 하지만 당신의 눈을 보지 않고는 받아들일 수 없소.

내가 웃으며 말하자, 그녀도 따라 빙긋이 웃더군.

그런가요? 그러면 이 선글라스를 벗는 순간 게임은 시작인 거죠?

그녀의 말에 내가 미소로 답했네. 그러자 그녀가 손을 올려 선글라스에 가져갔지. 잠시 멈칫하더니 서서히 그것을 이마 쪽으로 밀어 올렸네. 그러는 동안 가늘게 뜬 눈이 드러났고 그것은 점점 커졌네. 그 눈은….

소름이 끼쳤네. 그 검은 두 눈을 어떻게 표현해야 좋을까. 보고 있는 자체만으로 황홀했네. 세상의 모든 매력을 농축한 듯했고, 동시에 그 빛나는 아름다움이 주위를 추한 세계로 전락시켰지. 나는 그녀의 동공 속으로 빨려 들어가는 기분이었고, 그 순간 어쩌면 강력한 최면에 걸렸을지도 모르네. 그녀가 선글라스를 다시 내려 눈에 덮기까지 나는 유혹의 기술에 당하고 만 걸세.

우리는 자리를 옮겼네. 밤새 테킬라를 마셨는데, 무슨 대화를 나누었는지는 기억나지 않네. 그녀의 술잔에 내 눈알이 담긴 꼴이었네. 나는 애원했네. 제발, 삼켜줘. 하지만 그녀는 혀끝으로 눈깔사탕을 굴리듯 천천히 녹여낼 뿐이었네.

정신을 차리고 일어나 보니 한 모텔 방이었네. 지난밤의 기억을 삭제한 듯 머릿속은 텅 비었지. 손가락으로 관자놀이를 꾹꾹 누르며 어떤 기억이든 실마리가 튀어나오길 기다렸네. 갑자기 소름이 끼치더군. 동굴 속에서 미등(尾燈)이 밝히는 작은 공간처럼 기억의 파편이 불빛에 드러나 어둠을 사르며 떠올랐거든.

결론적으로 나는 그녀와 계약을 맺은 셈이네. 그건 메피스토펠레스와 파우스트가 손을 맞잡는 순간과 같았지. 일주일 후 한 펜션에서 작업을 시작하자고 합의를 본 것이네. 그녀가 요구한 건 단순한 누드화가 아니었네. 그건….

일주일이 흘러가는 동안, 머릿속에 쌓인 안개는 해소되지 않았네. 약속한 당일, 친구의 차를 빌려 화구를 싣고 가평으로 향했지. 물이 졸졸 흐르는 계곡을 끼고 올라가니

자그마한 건물이 보였네. 차에서 내려 현관문을 두드리자, 그녀가 문을 열고 나왔네.

우리는 레드 와인을 한 잔씩 마셨고 이내 작업을 시작했네. 나는 그녀가 준비한 전면 거울 앞에 이젤을 펼쳤고 그녀는 벽난로를 등진 안락의자에 앉았지. 먼저 내가 옷을 벗었네. 거울은 내 알몸을 남김없이 비췄지. 그럼 시작할까요? 그녀가 물었고 나는 고개를 끄덕였네. 그녀는 손을 등 뒤로 가져가 지퍼를 연 뒤 일어섰네. 어깨끈을 밀어 아래로 내리자, 원피스가 스르르 흘러내렸지. 속에는 아무것도 걸치지 않았더군. 그녀는 그대로 앉아 등을 기대고 한쪽 다리를 올려 꼬았네. 이글거리는 벽난로에서 흘러나온 주홍빛이 그녀의 다리 위에서 일렁였고, 그것은 허벅지를 더듬으며 흘러내리는 듯했네.

내 마음에 꿈틀대던 불안이 스르르 빠져나갔네. 대신 예술적 영감이 차올랐지. 나는 그녀의 얼굴을 샅샅이 살펴 스케치했네. 그러고는 거울을 보며 내 얼굴을 그 옆에 그려 넣었지. 그녀가 천천히 일어나 내게 다가왔네. 나는 바닥에 앉아 있었고, 그녀는 내 뒤로 돌아가 내 머리 위에 손을 얹더니 그대로 미끄러지듯 바닥에 앉았지. 거울 속에 그녀와 나의 얼굴이 밀착되어 들어찼네. 내가 다시 연필을 들자, 그녀는 더 바싹 다가와 내 옆에 붙었지. 그러고는 나의 왼손을 쥐었네. 그 순간, 내 가슴이 고동쳤고 그녀의 손가락에 도는 온기를 느끼며 수줍음이 일었지. 거울 속에 박힌 그녀의 두 눈동자를 보며 손을 덜덜 떨기까지 했네.

    나는 곧 냉정을 되찾았네. 연필을 손에 쥐고 거울 속의 모습을 스케치했지. 캔버스는 수많은 선으로 채워졌네. 그녀가 손에 힘을 줄 때마다 내 연필은 더 대담한 선을 그었네. 연필과 목탄, 콩테가 천에 스치며 사각거리는 소리를 냈고, 이따금 장작이 타닥거리며 리듬을 탔네. 그렇게 스케치를 완성하고 숨을 크게 내쉬자, 그녀는 캔버스를 한동안 들여다보고는 미소 지었네. 까닭 모를 두려움이 나를 짓눌렀지. 이제부터 어떤 일이 벌어지더라도 나 자신을 통제하지 못할 것 같았거든. 그녀는 입을 앙다물고 무시무시한 눈빛을 발했네. 잔뜩 긴장한 나는 비명을 지르고 싶었지만, 낯선 쾌감이 나를 흥분시키며 뇌를 멎게 하더군.

    그녀는 내 앞으로 기어 와 등지고 앉아서 물감을 짜기 시작했네. 그 모습이 마치 유령의 움직임 같았고, 희미한 빛의 유영처럼 보였네. 공포로 조이고 또 조였을 때 배어드는 쾌감을 경험해 본 적 있나? 오히려 위험이 따르지 않는 쾌락은 허공에서 찾는 자극과 같네.

물감을 녹이고 붓에 묻히자, 그녀는 나를 보며 한쪽 눈을 감았다가 떴네. 그러고는 엉덩이를 들썩이며 다가와 옆에서 내 몸을 그러안았네. 그녀가 원하는 그림을 내 머릿속에 미리 떠올려야 했는데, 집중할 수 없었네. 오직 눈으로만 훑었을 뿐인데도 그녀를 더듬는 느낌이었고, 왠지 그녀도 자극을 느낄 것만 같았지. 나는 그대로 캔버스에 채색했네. 그렇게 그녀의 몸을 관찰하며 얼굴과 상반신을 그림으로 옮겼지. 내 쪽의 그림은 더 수월했네. 느끼는 대로 손을 놀리면 되었거든. 상상을 추가할 필요는 없었네. 이번에는 그녀가 한쪽 다리를 들어 내 다리 사이에 놓았네. 그제야 내가 그려내야 할 형상이 머릿속에 선명히 박혔지. 하지만 그림에 담아내기엔 망설여지는 부분이 있었네. 내 아무리 미친놈이라 한들 그런 그로테스크한 이미지를 좋아하진 않았네. 붓을 쥔 내 손이 절로 멈칫멈칫했고, 그럴 때마다 그녀는 내 손을 꼭 쥐며 압박했지.

 마침내 그림이 완성되었네. 나와 그녀가 뒤엉킨 모습을 담은 그 그림은 감상하기엔 불편한 작품이었네. 그녀가 원했던 건 샴쌍둥이 그림이었지. 그런데, 그녀와 내 상체는 그림 속에서 분명 여성과 남성의 모습으로 묘사되어 있었네. 하지만 하체는 둘 다 여성이어야 했지. 그런 기괴한 그림을 그릴 수 있을지 의문이었지만, 어쨌든 비슷한 이미지를 담아냈고, 나는 붓을 놓으며 길게 숨을 내쉬었네.

 이야기는 이제 막바지에 다다랐네. 그날 밤 어떤 일이 있었냐고? 내 생각엔 아무 일도 일어나지 않았던 것 같군. 그녀가 건네준 샴페인을 한 잔 마신 뒤로 나는 곯아떨어졌고 깨어났을 땐 아침 햇살이 커튼에 배어 있었네. 그녀는 보이지 않았지. 이젤 위의 그림도 사라지고 대신 호텔 이름이 적힌 쪽지가 붙어 있었네.

 차를 몰아 서울로 돌아오는 동안, 내 머릿속에는 지난밤에 겪었던 장면들이 떠나지 않았네. 호텔에 도착해 레스토랑에서 스테이크를 시켰지. 그녀의 알몸을 떠올리며 탱글탱글한 고기를 씹었네.

 커피를 마시며 시간을 흘려보냈고 밤이 되기를 기다렸지, 쪽지에 적힌 시간에 맞춰 자리에서 일어났네. 엘리베이터에 올라 7층에서 내렸고 그녀의 방 앞에 섰네. 문은 살짝 열려 있었기에 노크하고 기다렸다가 몸을 들이밀었네. 불은 모두 꺼져 있더군. 잠시 어둠에 적응하고 나자, 침대에 걸터앉은 그녀의 윤곽이 보였네. 나는 그녀 옆에 앉아 그림은 어땠는지 물었지. 그녀는 좋았어요, 하고 대답했는데, 왠지 목소리가 조금 쉰 것 같았네.

창밖에서 흘러나온 어스름한 빛이 바닥을 적시고 있었네. 가지런히 모은 채 뒤꿈치를 살짝 올린 그녀의 발이 보이더군. 왼발에 새겨진 흉터가 갑자기 선명하게 떠오르며 내 시선에 파고들었지. 나는 그걸 보며 몸이 무너져 내리는 기분이 들었네. 어제만 해도 알아차리지 못한 것이었지. 이 여자의 모습은 어떤 쪽에 가까울까. 왜 작은 흉터 하나로 전혀 다른 감정을 일으키는 걸까. 그녀가 오른발을 내밀지 왼발을 내밀지에 따라 그녀에 대한 내 기대는 바뀔 것이었네. 그런 생각을 하는 동안 내 심장은 차갑게 식었고 지독한 허무가 들어찼네. 나는 뒤돌아 그곳을 빠져나왔지.

차라리 그런 인연으로 끝났더라면 내가 지금처럼 미치지는 않았을 거야. 어느 날, 다소 이른 시간에 집에 돌아갔더니 지예가 바이올린을 켜는 소리가 들려왔네. 나는 거실 소파에 앉아 정원을 보며 생각을 정리하고 있었네. 바이올린 소리가 멈추고 2층에서 계단을 타고 내려오는 발소리가 울렸네. 고개를 돌리자, 익숙한 발 모양이 내 눈에 들어왔네. 그것이 계단을 한 칸씩 내려설수록, 하얗고 매끈한 종아리와 허벅지로 이어져 내 시선을 타고 가슴을 울리더군.

그렇네. 해든은 지예의 가정교사가 되었고 거부할 수 없는 권위를 뿜으며 집 안을 활보했네.

 그 뒤로 내 가슴에 인 것은 갇힌 불과 같았지. 이제 해든은 내 눈앞에 언제든 모습을 보였지만, 결코 다가갈 수 없는 존재가 되어버린 거야.

4
미완의 데칼코마니

우리는 연기 천재였다. 태어날 때부터···.

둘 중 더 뛰어난 재능꾼을 꼽는다면, 그건 당연히 해든이었다.

내 연기도 해든 못지않게 훌륭했다. 차이가 있다면, 내 연기는 욕망에 충실했던 반면, 해든의 연기는 차원이 달랐다는 점이다. 해든에게 연기 과제를 내어 주면 그녀는 온전히 다른 사람이 되었다. 그럴 때면 마치 다른 인격체를 보는 것 같았다. 누군가에 빙의한 것처럼.

우리는 거의 하나나 다름없는 몸이었다. 내가 해든이었

고, 해든은 나였다. 우리가 마음만 먹는다면 사람들을 속이는 건 일도 아니었다. 어느 순간부터 우리는 달라지기 시작했는데, 그렇더라도 마음은 보이지 않는 끈으로 엮여 있었다.

　어렸을 때였다. 아빠는 우리 이름을 차례로 부르며 안아주곤 했다. 해연아, 해든아…. 아빠는 우리의 겨드랑이에 손을 꽂고 천장에 닿을 만큼 올리며 웃었다. 우리는 일란성 쌍둥이였기에 똑같이 생겼고 관심거리도 같았다. 이름은 해가 열고 해가 든다는 뜻이었다. 우리를 처음 보는 사람들은 누가 누구인지 구분 못하고 실수하기 일쑤였다. 항상 같은 표정을 짓는 우리 얼굴은 사람들에게 낯선 느낌을 준 모양이었다. 포동포동한 얼굴에 맺힌 한 쌍의 웃음이 왠지 모를 섬뜩함을 풍겼을까. 우리 얼굴에 웃음은 떠나지 않았다. 그러다가 한쪽이 찡그리면 다른 쪽도 동시에 찡그렸다.
　우습게도 아빠는 우리를 종종 틀린 이름으로 불렀다. 아빠는 학자였는데, 우리는 그가 무슨 일을 하는지 관심도 가지지 않았다. 그는 차고를 개조해 온갖 약품 냄새가 나는 실험실을 꾸렸다. 그곳은 우리에겐 금단의 장소와 같았다.

우리는 가끔 장난을 쳤다. 아빠가 해연아, 하고 부르면 해든이 뛰어가 마치 나인 것처럼 연기했다. 나도 여러 차례 해든인 양 행동했고, 아무도 눈치채지 못했다. 그럴 때면 우리는 서로를 혼동하기도 했다. 연기하는 동안은 정말로 누가 누구인지 모를 정도였다.

우리는 일란성 쌍둥이로 태어났다. 내가 먼저 자궁에서 나와 첫 숨을 쉬었기에 언니인 셈이지만, 우리는 서로에게 해든아, 해연아, 하고 부를 뿐, 언니 동생 같은 위계는 없었다.

엄마는 우리가 태어난 뒤 석 달 만에 죽었다. 당연하게도 우리는 엄마 얼굴을 기억하지 못한다.

아빠 책상에 놓인 액자에 엄마의 얼굴이 있었다. 우리는 어렸을 때, 키가 닿지 않아 그 액자가 있는지도 모르고 살았다. 키가 자라 그 액자를 보게 되었을 때, 우리는 보물을 발견한 기분이었다. 한 명이 엎드려 주면, 나머지 한 명이 등을 밟고 올라가 사진을 보았다.

사진 속에서 엄마는 양옆으로 갓난아이를 안고 있었다. 누가 나이고 누가 해든인지는 분간할 수 없었다. 엄마 얼굴은 희었지만 조금 무서웠다. 왠지 그림책에서나 나올 듯한 마녀 같은 모습을 띠었다. 아빠는 우리가 엄마를 닮았다고 했는데, 우리 눈에는 그렇게 보이지 않았다.

여섯 살이 되어 우리는 유치원에 다녔다. 하지만 두 달 만에 쫓겨났다. 우리는 마치 유령이라도 되는 것처럼 여기저기서 나타나 한 몸처럼 행동했고 마음이 여린 아이들은 혼란 속에 울음을 터뜨렸다. 유치원 교사는 거의 한 달 동안 우리 둘을 서로 다른 이름으로 부르기도 했다. 그들에게는 누가 해연이고 해든인지 알 필요가 있었겠지만, 우리에겐 중요하지 않았다. 그때그때 아무나 한 발짝 나서면 되었다.

그렇듯 우리는 생긴 것도 생각하는 것도 말하는 것도 똑같았다. 그런데 일곱 살 때 우리에게 처음으로 차이가 생겼다. 이건 아무에게도 이야기하지 않은 비밀이다. 심지어 아빠도 이 사실을 모르고 살았다.

그날, 우리는 소파에 늘어앉아 이름짓기 놀이에 빠져 있었다. 집에 있는 물건을 가리키며 차례로 이름을 붙이는 놀이였다. TV를 향해서 '쟤 이름은 해진이야. 해가 졌을 때 주로 말하거든.'하고 내가 말하면, 해든은 구석에 서 있는 행운목을 향해 '그러면 쟤 이름은 멍해라고 할까? 하루 종일 멍하게 있잖아.'하고 응수했다. 그러고는 함께 낄낄거리는 식이었다. 그렇게 거실의 모든 사물에 이름을 다 붙이고 난 뒤 주방으로 달려갔다. 그때 우리 눈에 싱크대

선반에 놓여 있는 복숭아 통조림이 들어왔다. 우리는 그것을 무척 좋아했는데, 아빠가 따 주어야만 먹을 수 있는 것이었다. 하지만 그날 목도 마르고 배도 고팠기에 우리의 손은 주저 없이 그것을 향했다. 바닥에 통조림을 놓고 해든과 나의 검지를 합쳐 꼭지에 집어넣었다. 똑, 소리가 나며 뚜껑이 조금 열렸고 우리는 조심스럽게 마저 열어젖혔다. 그것을 식탁에 올려놓으려 할 때였다. 내 손에서 깡통이 미끄러졌고, 해든의 손에서도 빠져나갔다. 깡통은 그대로 떨어져 해든의 발등을 찍었다. 해든의 왼발에 시럽이 쏟아졌고 그 가운데에 붉은 기운이 스며들었다. 나는 그것이 피라는 것을 깨닫고 손을 대어 눌렀다.

해든은 일주일 동안 반창고를 붙여야 했다. 우리는 아빠에게 이 사실을 들키기 싫어 양말을 벗지 않고 지냈다. 그 사건이 남긴 건 해든의 발에 새겨진 엷은 흉터였는데, 단순히 그것만은 아니었다.

그 일이 있은 뒤로, 해든은 뭔가 달라졌다. 미묘한 변화를 나는 느꼈다. 고작 그런 작은 상처가 무엇을 바꿔놓을 수 있을지 그때는 몰랐다. 반 줌 정도 흘러나온 붉은 액체는 단순한 피가 아니었다. 그 작은 상처 틈으로 해든에게 새로운 세계가 흘러들었을까. 나는 아직 접해보지 않은 경험이었기에 지켜보는 수밖에 없었다.

해든은 말수가 적어졌고, 웃음기도 줄었다. 무언가 조심스러웠고 생각을 많이 했다. 물론 사람들이 우리를 볼 때 그 차이를 느끼진 못했을 것이다. 하지만 우리 사이에 무언가가 움트고 있었다. 나는 그것이 두려웠다.

그래도 우리는 좋아하는 것이 같았다. 아빠는 우리의 초등학교 입학 선물로 바이올린을 선물했다. 우리는 각자 바이올린을 들고 온갖 흉내를 내며 아빠에게 웃음을 주었다. 우리는 바이올리니스트가 되기 위한 교육을 받으며 탈 없이 성장했다.

열다섯 살 무렵, 나는 아주 무서운 장면을 마주했다. 그때까지 떠올릴 수조차 없던 일이었기에 그 감정을 어떻게 표현해야 할지 지금 생각해도 막막하다. 사진 속의 엄마가 되살아나 내 앞에 나타났다고 해도 그것보단 놀랍지 않았을 것이다. 배신을 당했다는 느낌에 가까우려나. 해든이 낯선 웃음을 지으며 날아올라 하늘 높은 곳으로 멀어져 가는 기분이었다.

우리는 분당에 있는 예술고등학교에 진학할 예정이었고 그에 맞춰 가까운 곳에 이사했다. 새집에서는 방을 따로 썼지만, 우리는 서로의 방에 스스럼없이 드나들었다. 그날도 마찬가지였다. 나는 아무 생각 없이 해든의 방에 들러 침대에 드러누웠다. 해든은 욕실에서 몸을 씻고 있었다. 나는 콧노래를 부르며 고개를 돌렸는데, 책상 위에 놓인 노트가 눈에 띄었다. 몸을 일으켜 그것을 손에 들었다. 노트 표지에는 '나의 눈으로 본 세상'이라고 적혀 있었다. 나는 표지를 넘겼다. 한 장씩 읽어나가며 손을 부들부들 떨었다. 그건 해든의 일기였다. 일기를 쓰다니 그것도 나 몰래….

해든이 젖은 머리를 수건으로 문지르며 들어왔다. 나는 그녀를 노려보며 노트를 그녀 눈앞에 들이밀었다.

"어떻게, 어떻게 이럴 수가 있어?"

내가 추궁했지만, 해든은 당황하지 않고 내 시선을 받아들였다. 나는 그 모습에 더 화가 났다.

"우리 사이에 비밀이 있을 수 있어? 말해봐. 그게 가능해?"

우리를 둘러싼 막에 금이 가며 갈라지는 느낌이 들었다. 그걸 인식하자 소름이 끼쳤고 눈앞에 어둠이 차올랐다. 해든은 엷은 미소를 지었는데, 그 순간 처음으로 우리가 다를 수 있다는 사실을 깨달았다. 끔찍했다.

그래도 믿었다. 해든은 나와 한 몸처럼 함께할 것이라

고. 결국 우리는 바이올리니스트가 되어 같은 무대에 설 것이니까.

그 기대는 고등학교 교복을 입어보기도 전에 깨어지고 말았다.

입학식을 일주일 앞두었을 때였다. 1층에서 펑, 하는 소리가 났다. 나는 2층 내 방에 있었고 해든은 조금 전에 아빠의 전화를 받고 내려간 터였다. 나는 아래로 뛰어 내려갔다. 여기저기서 연기가 무럭무럭 피어올랐다. 그림자 같은 형상이 연기를 가르며 실험실에서 뛰어나왔다. 아빠였다. 품에는 해든을 안고 있었다. 아빠는 테라스로 나가 해든을 바닥에 눕히며 살폈다. 해연아, 생수하고 수건을 가져오거라. 아빠는 말을 더듬으며 내게 말했다.

그날, 구급차가 와서 해든을 실었다. 아빠는 함께 차에 올랐고 집에는 나만 남았다. 한 시간쯤 지나 집에 들어찼던 연기는 다 빠져나갔다. 불에 타거나 한 건 없었다. 아빠와 해든 둘 다 밤이 지나도록 돌아오지 않았다. 그때부터 해든과 나는 전혀 다른 길을 걷게 되었다. 샴쌍둥이처럼 붙어 지내며 같은 방향을 바라보던 삶은 끝났다.

해든은 병실에서 보름 넘게 누워 있어야 했다. 눈에 붕대를 감은 채, 마치 의식을 잃은 중환자처럼 움직임이 없었다. 나는 말을 걸려고 시도해 봤지만, 그녀의 입은 좀처럼 열리지 않았다.

퇴원하고 병원을 나서던 날, 해든의 눈을 감았던 붕대는 걷혔다. 하지만 그 눈은 아무것도 볼 수 없었다. 눈빛은 탁했고 동공은 미세하게 떨렸다. 표정은 어둡지 않았다. 살짝 미소를 지었는데, 차가워 보였다. 순간, 나는 엄마의 사진을 떠올렸다.

나는 해든이 그 사건에 대해 한마디라도 해주길 바랐다. 우리에겐 익숙했지만, 운명을 뒤바꿔 놓을 장난이 그 사건에 숨어 있었다.

폭발 사건이 일어났던 날, 해든은 내 침대 위에서 뒹굴며 가사를 제멋대로 바꾼 유행가를 부르고 놀았다. 내 휴대전화의 벨 소리가 울렸고, 우리는 그것이 아빠의 전화라는 사실을 알았다. 해든은 갑자기 몸을 일으켜 나를 보더니 우스꽝스러운 표정을 지었다. 나는 무슨 뜻인지 알아차렸고 같이 웃으며 고개를 끄덕였다. 해든이 전화를 받았고 마치 나인 것처럼 아빠와 통화했다. 전화를 끊을 때까지 우리는 키득키득 터져 나오려는 웃음을 참아야 했다.

그렇다. 그날 실험실에 가야 했던 사람은 나였다.

나는 예정대로 예술고등학교에 입학했다. 아빠는 해든에게 시각장애인 학교를 알아봐 주었지만, 해든은 그런 곳에 다니기를 거부했다. 대신 최신형 애플 맥북을 부탁했다. 그 뒤로 테라스에 종일 앉아 있었다. 타이핑을 하고, 그 내용을 음성으로 듣고 다시 수정하는 게 일과였다. 최종 검토는 내 몫이었다. 나는 밤마다 그녀가 쓴 글을 읽고 오타가 있는지 검토해야 했다. 그것은 우리가 나눌 수 있는 유일한 접점이었다. 그것을 제외하면 우리는 전혀 다른 삶을 사는 것과 마찬가지였다.

우리는 완전히 분리된 존재로 멀어져 갔다. 내가 그렇게 느끼기 시작한 것은 2학년 때부터였다. 그전까지만 해도 해든의 글은 내가 공감하고 이해할 만한 내용이었다. 내가 쓰더라도 비슷한 내용이 나올 것 같았다. 하지만 1년이 지나자, 해든은 전혀 다른 색깔의 이야기를 쏟아냈다. 이야기의 내용도 글의 문체도 톤도 내가 상상조차 할 수 없는 것이었다. 그녀는 도대체 무엇을 보고 있었던 걸까.

외로움이 내 몸을 파고들었다. 아니, 소외감이라고 해야 할까? 내 몸의 반은 그림자가 되어 허공을 호흡하고 있었다.

꼭 그런 힘든 마음 때문만은 아니었을 것이다. 내가 남자 친구를 사귀기 시작한 이유를 정확히 끄집어내기가 어렵다. 더군다나 집에까지 데려와 해든에게 소개해 준 까닭은 무엇이었을까.

준수는 같은 학교에서 피아노를 배우는 동급생이었다. 그는 나이가 또래보다 한 살 많았는데, 중학교 때 유급된 적이 있다고 했다. 그때 그는 가족과 함께 미국에서 살고 있었다. 사정이 생겨 피아노를 그만두어야 할 상황이었는데, 그의 이모가 한국으로 그를 불러들였다. 그 덕에 예술고에 입학하여 꿈을 이어갈 수 있었다. 그는 피아노를 통해 깊은 감정을 담아 연주하는 재능이 있었지만, 기술적으로는 불완전했다. 반면 내 연주는 어딘가 기계적이고 기교적인 면이 있었기에 그의 연주가 주는 느낌은 특별했다. 우리는 서로 부족한 점을 채워주며 불안을 지워나갔다.

그의 이모 집은 응달산 자락에 자리 잡은 1층짜리 단독주택이었다. 그와 만난 지 일주일 만에 나는 그 집에 초대받았다. 그의 방에는 피아노와 침대 외에는 다른 가구가 없었다. 심지어 책상조차 없었다. 소개할게, 에스메랄다야. 그는 피아노를 가리키며 말했다. 피아노에 이름을 붙인 그를 보며 우리 자매가 어렸을 때 곧잘 했던 놀이가 떠올랐다. 멋진 피아노였다. 검은 몸체에는 지문 하나 묻지 않았고 반들반들 윤이 났다. 건반 덮개를 여니 'KAWAI(가와이)'라는 로고가 금색 빛을 띠었고 그 아래로 하얀 이 같은 건반이 드러났다. 고급 모델이었다.

밤이 되면 우리는 때때로 호수가 있는 공원에 갔다. 사람이 지나다니지 않는 후미진 곳에 앉아 담배를 피웠다. 해든과 나의 세계는 점점 다른 색깔을 띠기 시작했다. 나는 준수를 통해 해든이 던진 공백을 메우려 했고, 그것은 내면에 침잠되었던 내 시선을 바깥으로 돌리게 했다. 반면 해든은 우리가 미처 표현하지 못하던 내면의 감정을 짚어내며 집요하게 더 안으로 파고들었다.

준수와 처음으로 입을 맞추었던 날, 나는 그제야 해든에게서 벗어나 독립된 자아로 태어난 기분에 빠졌다. 불완전했던 내면의 공간이 준수로 꽉 찼다. 해든은 유난히 들떠 있는 나를 감지하며 곧 눈치챘다. 나는 시치미를 떼려 했으나 그것은 우리 사이에 불가능한 일이었다. 결국 준수에 대해 모든 것을 털어놓았다. 사실을 알게 된 해든은 묘한 표정을 지었다. 조금 붉어진 안색을 띠었고, 눈 밑이 꿈틀거렸다. 그때 깨달아야 했다. 해든 역시 새로운 자아로 거듭날 꿈에 젖어 있었다.

해든은 내가 준수와 함께 나누는 감정에 대해 세세히

이야기해 달라고 했다. 나는 사소한 것까지 다 말했다. 매번 상기해야 했다. 내가 느낀 감정을 해든도 똑같이 느낄 능력이 있다는 것을. 지금 생각해 보면, 아마도 해든은 자기 글에 반영할 구체적 심리와 장면이 필요했던 것 같다.

해든에게 소개해 준 뒤로, 준수를 몇 차례 더 집에 데려왔다. 우리 셋은 즐겁게 대화하며 정원에 웃음을 쏟아냈다. 해든이 꿈 이야기를 꺼낼 때면 준수는 진지하게 귀를 기울이며 눈을 반짝였다. 평소에는 보기 힘든 모습이었다.

생리통이 심해 오전 수업을 마치고 조퇴한 날이었다. 테라스에 해든은 없었고 노트북만 탁자 위에 펼쳐져 있었다. 현관문을 열고 들어가는데, 눈에 익은 신발이 보였다. 계단을 오르며 해든의 방에서 나오는 희미한 목소리를 들었다. 준수? 그가 이 시간에 왜? 해든의 방 앞에 서서 노크하려다가 말고 문을 살짝 열었다. 해든은 침대 위에서 눈을 감고 곧은 자세로 누워 있었다. 준수는 침대 머리맡에서 해든의 머리를 두 손으로 감싼 채 주문 같은 것을 중얼거렸다. 나는 그 해괴한 상황을 어떤 생각으로 지켜봐야 할지 알 수 없었다. 해든의 의식은 깊숙한 곳에 잠긴 것 같았고 준수는 내가 들어온 걸 의식하지 못했다. 나는 살금살금 뒷걸음쳐 그곳에서 빠져나왔다.

그 이후로도 준수와 나는 아무 일 없었던 양 지냈다. 나는 준수에게 그날 내가 보았던 것이 무엇인지 물어봐야 했다. 하지만 용기가 나지 않았다. 내가 알지 못하는 언어로 준수가 말할 것 같아 두려웠다. 그렇게 몇 주가 흐른 뒤 그가 말했다.

"내가 아끼는 무언가를 반쪽만 봐야 한다면 그건 철저한 비극일까?"

그 순간 나는 깨달았다. 그의 마음이 보였다. 내게 없는 것이 해든에게 있고 해든에게 없는 것이 나에게 있음을 보았을까. 실제로 그랬다. 생각해 보면, 해든과 나를 나란히 앞에 두었을 때 가장 편해 보였다.

준수는 뜻밖에도 해든과 가졌던 이상한 행동에 대해 털어놓았다. 준수는 일종의 실험을 한 셈이었다. 그는 연주하는 동안 음악에 몰입해 이따금 자의식을 잃는다고 했다. 그것이 트랜스 상태라는 걸 알게 되었지만, 그에겐 소중한 경험이었다. 시간이 멈춘 사이에 주위는 한없이 늘어지고, 자기 몸과 피아노 사이의 경계가 모호해지며, 몸속의 모든 게 피아노 멜로디에 빨려 들어간다. 그러면 자신의 의지와 상관없는 손놀림이 건반에 깊숙이 파묻힌 채 검은 실루엣만 아른거린다고 했다. 그것이 최면에 걸리는 과정과 같다는 걸 깨닫고는 최면에 관해 공부했다고 설명했다.

그런데 그 같은 현상이 해든에게도 일어난 모양이었다. 그날 점심시간에 해든이 전화를 걸었는데, 준수는 넋이 나간 사람과 통화한 기분이었다. 그는 급히 뛰어가 해든을 만났다. 해든은 혼자서 여러 사람인 것처럼 행동했고 횡설수설했으며, 감정은 오르락내리락했다. 그러다가 침대 위로 쓰러져 혼미한 의식으로 중얼거렸다. 자기는 러시아 모스크바를 떠도는 집시인데, 사람들이 그녀의 눈을 보면 모두 절망에 빠져 나락을 향해 사라진다고 했다. 준수는 바로 알아차렸다. 그가 피아노 연주를 할 때 마주했던 그런 현상이 해든에게는 글을 쓰다가 일어났다는 사실을. 그래서 그가 아는 최면 지식을 이용해 해든의 무의식을 열었다는 것이다.

그는 그 대화가 어떤 내용이었는지에 대해서는 말하지 않았다. 나는 외톨이가 된 것일까? 준수와 서먹서먹한 흐름이 이어지다가 결국 멀어졌다. 그렇게 1년이 흘렀고, 다시 찾아온 여름은 우리에게 상상치도 못한 파국을 준비하고 있었다.

아빠는 중요한 실험이 있어서 러시아로 출장을 가야 한

다며 두 달간 집을 비울 거라고 했다. 마침, 방학이 시작되었기에 나는 우리도 데려가 달라고 졸랐지만, 해든은 집에 머물기를 원했다. 해든을 돌봐야 했기에 나 혼자 따라갈 수는 없었다. 아빠는 그 대신 개를 키워도 좋다고 했다. 우리는 이웃집에서 기르는 코커스패니얼 한 마리를 들였다. 아직 한 살이 되지 않은 암컷이었다. 이름을 루비라고 지어줬다.

6월 내내 검회색으로 물들었던 하늘은 끝없는 장마를 이어갔다. 연일 수해 소식이 들렸고 검은 물은 스스로 길을 뚫어 어디서든 흘러넘쳤다.

방학을 맞은 뒤 사흘 만에 그 기이한 여름이 시작되었다. 한낮에 초인종이 두 번 울리다가 멈추었다. 나는 뭔지 모를 상황에 손을 뻗고 말았다. 우산을 쓰고 정원을 가로질러 대문을 열어보니 준수가 고개 숙인 채 주저앉아 있었다. 비에 젖을 대로 젖었고 흙탕물로 얼룩진 옷 꼴이 추레했다. 몸을 떠는 모습으로 보아 꽤 오래 비를 맞은 것 같았다. 나는 쪼그려 앉아서 그의 뺨을 두 손으로 감싸 들어 올렸다. 창백한 그의 얼굴을 가르며 빗물이 섞인 땀방울이 흘러내렸다. 내 에스메랄다. 물에 잠겨버렸어. 그는 겨우 입을 연 뒤, 고개를 스르르 기울여 내 팔에 기댔다. 하늘에서 우르릉거리는 소리가 났다. 그것은 애처로운 심상을 일으키며 주위를 비틀었다. 나는 그를 부축해 집 안으로 향했다.

이래도 될까 싶었지만, 그에게 씻을 시간을 주어야 했다. 그는 30분 넘게 욕실에서 나오지 않았다. 혹시라도 쓰러져 정신을 잃었을까 봐 나는 애가 탔다. 다행히 샤워기의 물줄기 소리가 멎었고, 내가 챙겨 준 아빠 옷을 걸친 채 그가 문을 열었다. 옷은 커서 헐렁했다. 수건으로 머리칼을 털어내는 그에게 다가가 말을 걸려고 했는데, 그는 소파에 걸어가 털썩 주저앉더니 등을 기대고 눈을 감았다.

"대체 무슨 일이야?"

나는 다가가 물었다. 그는 대답하지 않았다. 잠시 후, 그가 잠들었다는 걸 알 수 있었지만, 나는 그 모습을 지켜봐야 했다. 어둠이 깊어지도록.

다음 날, 해든과 나는 준수를 우리 집에 머물게 하기로 의견을 맞췄다. 응달산 기슭이 무너져 내리며 그의 이모 집을 삼킨 모양이었다. 그에게는 처참하게도 에스메랄다라는 그 피아노마저 흙탕물을 뒤집어쓴 것이다.

우리는 그에게 아빠 방을 쓰라고 했지만, 그는 그 방에 들어가지 않았다. 거실에는 우리가 가끔 사용하는 디지털

키보드가 있었고, 그는 종일 헤드폰을 낀 채 건반을 두드렸다. 루비는 항상 그 옆에서 다소곳이 앉아 있었다.

그렇게 한 주가 흘렀다. 해든과 나는 그가 집에 머무는 게 불편하지 않았다. 오히려 조금 더 머물러 주기를 바랐다. 무엇보다 그는 요리를 잘했다. 거의 파스타만 요리했는데, 매일 먹어도 질리지 않을 만큼 다채로운 맛을 내었다.

그는 신세를 진다고 생각했는지 빨리 집에서 나가려고 했다. 나는 부담 가질 필요 없다고 말했고, 며칠만 더 있으라고 한 게 쌓여 그의 체류는 보름을 넘겼다. 그는 우리 호의를 뿌리치지 못했다. 당장 건반이 있는 장소를 얻기 어려운 처지였다.

어느 날, 준수는 아침 일찍 외출했고 나는 거실을 청소했다. 소파 위에 책이 펼쳐져 있기에 무심코 손을 내밀었다. 소설 같은 읽을거리겠지 여기며 몇 페이지를 훑어봤다. 뜻밖에도 빙의에 관한 내용이었다. 나는 불편한 기분이 들어 책을 덮었다.

준수가 돌아왔을 때, 나는 그를 떠보는 식으로 물었다.

"빙의에도 관심 있어?"

그는 눈썹을 찡긋하며 대답했다.

"정확히 말하면 빙의 치료야."

"치료?"

"내가 관심을 가지는 최면 치료의 한 분야야. 크게 두 가지로 나뉘지. 전생 퇴행 치료와 빙의 치료."

"그런 거에 왜 흥미를 느껴?"

"모르겠어. 신비주의라고 폄훼하는 사람도 있는데, 나는 그런 것에 끌려."

"전생 같은 게 정말로 있다고 생각해?"

"물론이지. 나는 윤회를 믿으니까."

"넌 불교 신자니?"

"그렇지 않아. 하지만 불교에서 다루는 이론에 관심은 많아. 예를 들면 '아뢰야식(阿賴耶識)'이라는 용어가 있는데, 이건 현대 심리학에서 말하는 무의식과 비슷해."

"별걸 다 아는구나. 난 하나도 모르겠어."

"그런 게 있어. 윤회를 뒷받침하는 핵심적 이론이야. 어때, 한번 시도해 보지 않을래?"

나는 조금 우스웠다. 내 무의식을 파헤친다 한들 전생에 대한 기억 같은 건 나올 리가 없었다. 하지만 호기심이 들기도 했고, 그가 매력을 느끼는 최면이 과연 무엇일지 궁금했다. 먼저 최면을 걸어볼게, 하고 그가 말하며 주머니에서 라이터를 꺼내 불을 붙였다. 나는 그것을 바라보다가 눈을 감았다. '이제 내가 암시를 주기 전엔 넌 눈을 뜰 수 없어. 네 눈꺼풀에 접착제를 바른 듯 말이야.' 그가 소곤거리듯 말했다. 나는 웃으며 눈을 뜨려 했다. 그런데 정말로 눈이 떠지지 않았다. '깊은 곳으로 가라앉아. 더 깊은 곳으로….' 그가 명령하는 말투로 속삭였다.

내 몸은 한없이 가라앉았다. 하얗고 아름다운 광선이 내 정수리에 쏟아졌고, 나는 나무로 지은 계단을 따라 한 칸씩 내려갔다. 그 아래에는 뾰족한 지붕을 인 성당이 나를 기다리고 있었다. 나는 수녀복 차림이었고 댕댕거리는 종소리가 사방을 채웠다. 지저귀는 새소리는 평온했다. 성당 옆을 흐르는 냇물은 맑은 물소리를 냈다. 물결에 반사된 햇살이 폭죽을 터뜨리듯 내 눈에 파고들었다.

깨어났을 때, 준수는 무언가를 적고 있었다. 나는 기분이 좋지 않았다. 시계를 보니 한 시간이 훌쩍 지나 있었고, 정원은 어둑어둑했다. 루비가 낮은 소리로 짖었다.

장마는 점점 기세를 잃어갔다. 하루에도 여러 번 해가 구름을 뚫고 얼굴을 들이밀었다. 그러다가 맹렬하게 뜨거워졌고, 마침내 하늘을 지배했다. 남은 먹빛을 모두 살라 버렸다.

7월 말이 되자, 식지 않는 밤이 끝없이 이어졌다. 마음은 풀어지고 몸이 늘어진다. 보일락 말락 하는 희미한 빛이 실비처럼 흘러내리고 그것은 무거운 습기 속에 환각과 같은 작용을 일으키기 마련이다. 가슴 깊은 곳에 똬리를 틀었던 기억들이 슬금슬금 기어 나와 그 답답한 밤을 누비기도 한다. 내가 보아야 했던 그날의 장면도 그런 환상과 어렴풋한 기억이 엮어낸 모습일지 모른다.

그날, 잠들었다가 깊은 밤에 깨어났다. 새벽 두 시가 지난 시각이었다. 목이 말라 냉장고가 있는 1층으로 내려갔다. 거실 불은 꺼져 있었고 풀벌레 울음소리가 밀려왔다. 그 속에 목소리가 섞여 들었다. 나는 거실 문 쪽을 바라보았다. 해든과 준수가 탁자를 두고 마주 앉은 모습이 눈에 들어왔다. 이 한밤중에?

나는 커튼 뒤에 발을 멈추고 그들의 대화를 엿들었다. 잠이 덜 깼는지 눈앞의 모습은 꿈결 같았다. 루비는 탁자 아래에서 몸을 말고 잠들어 있었다.

"정말로?"

해든이 놀란 어투로 물었다.

"그렇다니까."

준수가 말했다.

"말도 안 돼. 그건 틀림없이 거짓말일 테지."

나는 고개를 기울여 그들을 살펴봤다. 해든은 소매가 없는 짧은 원피스 차림이었고, 드러난 어깨는 가로등이 뿌린 미색 빛깔로 젖어 있었다. 그 모습이 파스텔화처럼 은은해 보였다. 가지런히 모은 종아리는 미끈했고 치맛단 아래 허벅지는 분을 바른 듯 보얬다. 까만 눈은 여느 때보다 또렷하게 반짝였다. 마치 눈이 보이기라도 하는 듯 시선이 자연스러웠고 물컵을 쥐는 손동작도 어색하지 않았다.

갑자기 해든이 내 쪽을 향해 고개를 돌렸다. 그럴 리가 없지만, 왠지 우리의 시선이 엮인 느낌이었다. 그녀는 보지 못하니 그것은 내 착각이었을 것이다. 해든은 시선을 아래로 떨어뜨리며 말했다.

"그러면, 아직도…?"

"물론이야. 좋아해."

준수의 대답을 듣는 순간, 갑자기 속이 매스꺼웠다. 해든의 얼굴은 조금 붉어졌고 그 모습이 아른거리는 듯해 어지러웠다. 이상하게도 저 자리에 있는 건 어쩌면 내가 아닐까 하는 의문이 들었다. 나는 발걸음을 뒤로 무르며 그곳에서 벗어났다. 2층에 올라 화장실 문을 열고 숨을 몰아쉬었다. 헛구역질을 두어 번 한 다음 내 방으로 돌아가 문을 잠갔다. 무서운 기분이 들었기에 이불을 꼭 뒤집어썼다. 그 후덥지근한 어둠 속에 내 몸이 발산하는 열기가 섞여들었고 나는 땀을 뻘뻘 흘렸다.

날이 밝아왔을 때, 내 몸은 땀투성이였고 이불과 시트도 축축하게 젖어 있었다. 해연아, 하고 부르는 준수의 음성과 함께 문을 노크하는 소리가 났다. 아침을 먹을 시간이었다. 나는 내 모습을 보이기 싫었다. 몸이 좋지 않으니 더 자겠다고 말했다. 잠시 뒤, 계단을 타는 그의 발소리가 들렸고 그것은 아스라이 사라져 갔다.

다시 발소리가 계단을 울렸다. 내려갈 때보다 느리고 조심스러운 발소리였다. 그 소리는 해든의 방 쪽에서 멈췄다. 해든은 눈이 먼 뒤로 아침을 침대 위에서 먹었는데, 쟁반에 음식을 담아 전해 주는 일은 내 담당이었다. 그날은 내가 그렇게 꿈적하지 않고 있으니, 준수가 대신한 것이었다. 그날, 루비는 동물병원에서 종합 검진을 받을 계획이었다. 준수는 루비를 자기가 데리고 가겠다고 말하며 물러갔다.

열한 시 무렵까지 나는 누워 있었다. 끈적이는 땀이 찌들어 냄새가 났다. 배는 고프지 않았다. 그런데 몸에 열이 돌았다. 오들오들 떨리고 머리가 쪼개질 듯 아팠다. 속은 울렁거리고 팔다리가 무거웠다. 점점 정신이 흐리멍덩해졌다. 그렇게 몇 시간이나 흘렀을까. 누군가 여러 차례 노크했고, 내 이름을 불렀다. 나는 대답할 힘이 없었다. 토막토막 이어지는 잠 속에서 의식은 흩어지고 엷어졌다. 멀리서 사이렌 소리가 나더니 점점 커졌다.

의식이 돌아와 정신을 차려보니 병원이었다. 기운이 하나도 남아 있지 않아 몸을 일으킬 수 없었다. 잠기운이 또다시 밀려왔다. 나는 깊고 무거운 세계로 한없이 빨려 들어갔다. 이따금 눈을 뜨면 해든의 얼굴이 보였다. 그 모습마저 가물거렸다.

사흘을 그렇게 보낸 뒤 기운을 차렸고 병원에서 나왔다. 집에 발을 들이며 문득 든 생각에 마음이 무거웠다. 내가 입원했던 동안에도 이곳에서 해든과 준수가 함께 지냈을까?

준수는 보이지 않았고, 해든은 여전히 테라스를 지키고 있었다. 해든은 걱정스러운 표정으로 나를 맞았다. 나는 준수의 행방을 물었다. 그녀는 준수가 급작스러운 일이 생겨 미국에 갔다고 말했다. 그러면서 그가 나를 무척 걱정했다고 덧붙였다. 나는 가증스러운 마음에 이를 악물었다.

방학이 끝나갈 무렵, 나는 준수를 마음에서 지웠고, 해든도 그에 대해 더는 말하지 않았다. 우리는 한차례 쏟아진 폭우에 젖었다가 몸을 말린 사람처럼 다시 평범한 생활을 되찾았다. 여름의 끝은 액체로 녹아 흐르는 태양 같았다. 그 여름이 무엇을 남겨 놓았는지는 아무도 알지 못했다.

어느 날, 좀처럼 아침을 거르지 않는 해든이 속이 좋지 않다며 쟁반을 물렸다. 그러고는 피곤하다며 방에서 나오지 않았다. 며칠이 지나도록 그녀는 회복하지 못했다. 이제 테라스는 비어 있는 시간이 더 많았다. 새벽에 가끔 옆방에서 이상한 소리가 났는데, 아침에 일어나 물어보면, 속이 울렁거려 헛구역질한 거라고 설명했다. 차츰 그녀의 얼굴은 파리해져 갔다.

이따금 테라스에 그녀가 앉아 있기도 했지만, 길어봐야 한두 시간이었다. 얼굴이 조금 부은 듯해 보였다. 나는 그 틈을 이용해 해든의 방을 청소했다. 그러다가 그녀의 책상 서랍이 약간 열려 있는 걸 봤다. 해든은 그곳에 몽땅해진 연필을 모아 넣곤 했는데, 눈이 먼 뒤로도 버리지 않았다. 나는 손잡이에 손을 대었다. 해든이 알면 좋아하지 않겠지만, 조심스럽게 잡아당겼다. 안에서 연필 하나가 굴러내렸다. 그것이 멈춘 순간, 주위가 얼어붙었다. 책상 속에서 거뭇거뭇한 기운이 흘러나오는 것 같았다. 그 사이로 무언가가 내 시선을 붙들었다. 투명한 비닐에 든 물건이었다. 가슴이 두근거렸다. 비닐봉지를 들어 올리는 손이 떨렸다. 카메라 줌으로 확장하듯 손에 든 것이 눈앞으로 빨려들어왔다. 하얀색 막대에 'C'자와 'T'자가 나란히 적혀 있었고, 글자 아래로 이어진 빨간 줄 두 개가 눈에 들어와 박혔다.

손에 힘이 빠졌다. 비닐봉지를 떨어뜨렸다. 그것을 주우려고 몸을 기울이다가 털썩 주저앉고 말았다.

빨리 방에서 나가고 싶었다. 하지만 몸을 일으킬 힘이 남아 있지 않았다. 해든의 발소리가 들리기 시작했지만, 나는 서랍을 닫을 생각도 하지 못했다.

"해연아."

해든의 목소리가 등 뒤에서 났다. 나는 일어나 그녀를 마주 보았다. 신기하게도 그녀가 내 눈을 들여다본다는 느낌이 들었다. 그렇기에 나는 거울에 비친 내 모습을 보는 것 같았고, 어지러웠다. 내가 바라보는 그 눈은 어느 때보다 검었지만, 불길한 아름다움에 젖어 있었다.

사흘간, 폭우가 쏟아졌다. 강풍이 불어 유리창이 흔들렸고, 비와 바람이 집을 훑고 가는 동안 그 외의 모든 소리를 지웠다. 나는 피로에 시달렸다. 처음에는 마음이 지쳤다고 생각했다. 그러나 기운이 빠졌는지 몸도 좋지 않았다. 질척한 늪에 빠져드는 느낌이었다. 내가 해야 할 일은 무엇일까.

그때부터 나는 꿈을 꾸기 시작했다. 꿈을 꿔본 적이 거의 없는 내게 그것은 소름 돋는 장면으로 다가왔다. 어두운 하늘 아래 바닷가 절벽에 서 있는데, 알고 보니 그건 내가 아닌 해든이었다. 그러나 그녀의 얼굴에 박힌 눈은 내 눈이었다. 어떤 꿈에서는 배를 어루만지고 있었는데, 배가 불룩 나와 있었다. 나는 탐욕 가득한 미소를 띤 채 꽃밭을 거닐었다. 피를 흘리는 듯 시뻘건 장미가 가시를 드러내었고, 그것은 내 손을 차례로 찔렀다.

아빠가 오기까지 일주일이 남았을 때, 나는 해든과 대화를 해보기로 마음먹었다. 원두를 갈아 커피를 내렸다. 양손에 머그잔을 들고 해든의 방으로 향했다. 해든은 고개를 창밖으로 향한 채 빗으로 머리를 쓸고 있었다. 나는 책상에 잔을 내려 놓고 그녀의 등 뒤로 다가갔다. 방 안에 퍼진 헤이즐넛 향이 마음을 가라앉혔다.

"해든아."

해든은 고개를 돌리지 않았다. 빗질을 멈추고 팔을 늘어뜨리고는 한숨을 쉬었다.

"어쩔 셈이야? 병원에 가봐야 하지 않겠어?"

해든은 대답하지 않았다. 나는 커피를 한 모금 들이마시다가 뱉어버렸다. 커피 맛을 느낀 순간, 속이 울렁거렸고 헛구역질이 나왔다. 가죽끈으로 죄는 듯 가슴이 답답했다. 갑작스레 기운이 빠지고 눈앞이 캄캄했다. 내 방으로 돌아와 침대 위에 누웠다. 그러다가 문득 무서운 생각이 떠올랐다. 주기를 넘겨 2주일째 멘스가 없었던 사실이었다. 여태껏 그런 적은 없었다. 두려웠다. 설마….

아빠가 오기 전에 모두 해결하고 돌려놓아야 했다. 생각이 두서없이 펼쳐졌고 무엇부터 해야 할지 몰랐다. 왜 이런 일이 벌어진 것인지 아무리 생각해도 알 수 없었다. 웹사이트를 뒤져 임신에 관한 정보를 긁어모았다. 영락없이 맞아떨어지는 증상이었다. 약국 문 앞에서 서성거리다 돌아서길 반복했다. 아빠의 귀국일 이틀 전에야 겨우 용기를 내었다. 화장실에서 손을 떨며 테스트기에 시선을 꽂았다.

테스트기를 몇 개 더 사야 했다. 아무리 검사해 봐도 빨간 줄은 한 개도 뜨지 않았고 결국 병원에 가기로 마음먹었다. 혈액을 채취하고 기다리는 동안 속이 타들어 갔다. 여자 의사는 결과지를 가지고 면담을 한 뒤, 초음파 검사를 했다. 다시 마주한 그녀는 고개를 절레절레 흔들었다.

"학생. 상상임신이라고 들어봤나?"

의사의 말을 들으며 나는 맥이 풀렸다. 상상이라니, 말이 되지 않았다. 의사는 드문 경우이기는 하나 그것 외에는 설명할 방법이 없다고 했다. 내 머릿속에서 희미한 불씨처럼 깜빡이던 의문이 점점 타올랐다. 해든의 증상이 내게 전이되었을까? 우리는 일란성 쌍둥이니까, 충분히 가능한 일이었다. 그렇다면 해든은?

나는 집으로 달려갔다. 해든은 소파 위에 잠들어 있었다. 나는 그녀를 깨워 흔들며 물었다. 그녀는 천연덕스럽게 자기는 그런 증상을 겪은 적이 없다고 했다. 나는 화가 났다. 그녀를 몰아붙였다. 서랍에 있는 테스트기는 뭐냐고 물었다.

"몰라. 내게 그런 게 필요할 리 없잖아."

그녀는 그렇게 대답했다. 나는 미궁에 빠진 생쥐가 된 기분이었다. 생각해 보니 그녀는 테스트기에 뜬 줄을 볼 수도 없는 몸이었다. 나는 계단을 뛰어 올라가 해든의 방에 들어갔다. 서랍을 열어 비닐봉지를 꺼냈다. 맙소사. 그건 루비의 심장사상충 검사 키트였다.

아빠를 다시 만난 것은 병원에서였다. 연두색 커튼이

처져 있고, 건물은 온통 하얀색 페인트로 발렸으며, 모두가 흰 가운과 유니폼을 입은 곳. 그곳에서는 햇살마저 새하얗게 보였다.

아빠는 나를 보며 온화한 미소를 지으려 했던 것 같은데, 나는 머릿속마저 하얘졌기에 말 한마디 꺼내기가 어려웠다. 의사는 내가 저질렀던 일을 하나씩 짚어주었다. 해든에게 달려들어 목을 졸랐다는 말. 나는 그것이 꿈인지 아닌지 구분할 수 없었지만, 어렴풋이 머릿속에 새겨진 장면을 더듬을 수 있었다. 말이 되지 않았다. 내가 어떻게 그런 짓을….

한 달이 지나 병원에서 나왔을 때, 집에 해든은 없었다. 아빠는 내게 무언가를 설득하려 했다. 러시아, 음악 치료, 유학. 그런 말이 내 귓바퀴 위로 떠돌았지만, 나는 아무런 의견도 내세울 수 없었다. 그해 늦은 가을, 해든과 나는 태어나 처음으로 멀리 떨어져 살게 된다.

아빠가 소개한 나탈리 박사는 쉰이 넘도록 결혼하지 않은 여자였다. 키가 크고 마른 체형이었는데, 명민한 눈빛에 절제된 권위가 풍겼다. 그녀는 내게 러시아 말을 가르쳤고 나는 거의 석 달 만에 익혔다. 아빠도 해든도 없는 모스크바 거리는 차갑게 얼어붙고 있었다. 이국의 땅에 혼자

버려졌다는 생각을 떨치기가 어려웠다. 그 황폐하고 거칠고 쓸쓸한 공간은 결코 내게 먼저 손을 내밀지 않았다. 대신 억척스러운 노력을 요구했다. 나탈리는 매일 피아노를 연주하며 음악으로 소통하길 원했다.

그녀의 조언에 따라 거리를 누비며 바이올린을 켰다. 영하로 떨어진 날씨는 내 손가락을 얼렸고, 나는 현을 제대로 누르기도 어려웠다. 하지만 그 부자연스러움이 새로운 음색을 자아냈다. 해든이라면 이 추위와 아픔을 상상으로만 알 테지만, 나는 얼음 같은 현실을 온몸으로 느꼈다. 시리게 파고드는 바람은 나를 버리고 또 버렸다. 온전히 독립한 해연으로 거듭나기 위해 나는 몸부림쳤다. 그러다가 운명 같은 장면을 마주했다.

절정에 다다른 추위가 매서운 바람을 타고 모스크바 시내를 할퀴던 날이었다. 마음속에 한 문장이 되풀이되어 울리고 있었다. 나탈리가 요구한 말이었다. 너 자신만의 음악을 찾아라.

붉은 광장 근처 작은 골목으로 갔다. 평소 내가 자리를 잡고 연주했던 곳을 이미 다른 사람들이 차지하고 있었다. 대여섯 명의 집시였다. 낡은 기타, 흠집 가득한 바이올린, 건반이 서너 개 빠진 아코디언이 그들 사이에 놓여 있었다. 수염이 덥수룩한 남자가 일어나 콘트라베이스를 어깨에 기대었다. 모닥불은 없었지만, 따뜻한 분위기가 그들 주위에 녹아들었다. 각자 악기를 들자, 늙은 여자가 노래 부르기 시작했다. 일순간 그들 모두 숙연해지는가 싶더니 콘트라베이스의 묵직한 울림이 여자의 목소리를 꿰었고 다른 악기들도 하나씩 끼어들기 시작했다. 악기의 음은 톱니바퀴처럼 맞아떨어져 속도를 높였다. 여자는 노래를 멈추고 춤을 추기 시작했다. 소나기가 퍼붓듯 악기가 음을 내뿜었고, 작은 공간 속에서 번개가 치는 듯했다. 기타를 건네받은 여자가 나직이 읊조렸다.

"Очи чёрные, очи страстные⋯."(검은 눈이여, 정염의 눈이여⋯)

한 명씩 차례로 악기를 그러안았다. 바이올린의 애절한 선율이 기타에 얹혔다. 아코디언의 깊은 화음에 그들의 눈이 흔들렸다. 그들이 보고 있는 세계는 어떤 것일까. 나는 두근대는 가슴에 손을 대었다. 다른 손에 든 바이올린 케이스가 무거웠다. 나도 모르게 그들을 향해 다가가고 있었다.

익숙하다. 무슨 까닭일까. 내게 근원이라는 게 있다면, 그건 눈앞에 펼쳐지는 장면이리라.

노래를 마쳐가던 여자가 갑자기 눈을 떴다. 커다란 눈

이 내 얼굴을 향해 굴렀다. 그 눈빛이 내 마음을 한 번에 삼키는 듯했고 나는 머릿속이 멍멍했다.

"Подойди, девочка. У тебя скрипка?"(이리 와, 아가씨. 바이올린을 가지고 있지요?)

나는 입술을 이지러뜨렸다. 이미 늦었다. 여자의 눈이 발하는 마력 같은 기운이 내 발을 묶었다.

"Играй с нами. Эта песня… она твоя."(우리와 함께 연주해요. 이 곡은 당신 것이라우.)

나는 바이올린을 어깨와 턱 사이에 끼웠다. 그들의 곡을 흉내 내 보다가 아는 러시아 민요를 닥치는 대로 연주했다. 그때마다 그들은 리듬을 맞추며 내 연주를 보조했다. 다시 여자가 시를 읊듯 가사를 내질렀다. 깔끔하고 멋진 피날레였다. 모두가 웃으며 손뼉 쳤다.

"Ты наша, девочка. У тебя цыганская душа."(넌 우리 사람이야, 아가씨. 집시의 영혼을 가졌구나.)

나는 누구인지도 모르는 사람에게 안겼고, 그들은 차례로 내게 입을 맞추었다.

그날 이후로 바이올린에 더 몰입했다. 이제 심지가 없는 불꽃처럼 허공을 맴돌 이유는 없었다. 러시아 집시들이 걸어온 삶의 여정이 내 심장에 새겨졌다. 나는 누구보다

맹렬하고 열정적인 사람으로 변했다.

매끄럽기만 했던 내 연주도 차츰 강렬한 모습을 띠었다. 활은 현을 거침없이 갈랐고 바이올린은 가슴 절절한 음색을 피웠다. 현 하나하나가 내 몸의 기관과 연결되어 공명했다. 심장으로 연주하는 법을 터득한 것이다.

이듬해, 그네신(Gnessin) 음악 아카데미에서 합격을 알리는 편지가 왔다. 나탈리는 실용에 강한 음악원을 추천했고, 그것은 내가 추구하려는 방향에 가까웠다. 나는 나만의 색깔을 가진 바이올리니스트로 성장했다. 금요일 저녁이면 집시들을 만나 함께 어울렸다. 집시의 영혼은 퇴색되지 않아야 했다. 나는 러시아 민요를 현대적으로 재해석하는 재능이 있었다. 내 손에서 울려 퍼지는 '다크 아이즈'를 열 가지로 변주했고 집시들은 환호했다. 그러는 과정에서 한 음악 프로듀서의 눈에 들어 행운을 쥐었다. 나는 아카데미 학부 2년 차에 데뷔했다. 말리(Maly)라는 극장의 아담한 홀에서였다. 콘서트를 마치고 돌아오는 길에 볼쇼이 러시아 극장을 보며, 아카데미를 졸업하면 꼭 저곳의 주역이 되리라 다짐했다. 나는 하루하루 음악에 대해 새로이 눈을 떠가고 있었다.

눈을 뜬 건 나만이 아니었다. 이메일로만 연락을 주고

받았던 아빠가 하루는 직접 전화했다. 몹시 상기된 어투였고 말을 더듬거리며 길지 않은 말을 전했다. 해든의 눈이 치료되었다는 말이었다.

그 말을 듣는 순간, 내 가슴속에서 새로운 눈이 눈꺼풀을 꿈틀거렸다. 그건 나의 눈도, 해든의 눈도 아닌, '우리'의 눈이었다.

그것은 깨어나고 있었다. 나는 곧 우리가 만나야 한다는 사실을 절감했다. 그게 또 어떤 재앙을 몰고 올지라도….

그런데 뜻하지 않은 이메일을 받았다. 알지 못한 사람이 보낸 것이었다. 이메일에 링크된 사이트에 접속해 보았다. 놀랍게도, 내가 집시들과 어울려 길거리에서 연주하는 모습이 담겨 있었다. 그런 영상이 유튜브에 돌고 있다는 사실은 그때 처음 알았다.

가능한 한 늦추고 싶었다. 나는 해든에게서 독립된 자아로 무장했지만, 해든은 어떨지 알 수 없었다. 어쨌든 우리는 쌍둥이고 거의 성인이 될 무렵까지 함께였다.

해든과의 재회를 앞두고 마음이 복잡했다. 어떤 모습으로 변했을지보다는 눈을 뜬 그녀가 다시 품은 세상은 어떤 것일지 상상하기 어려웠다. 결국 나는 다음 학기를 맞는 동안 이러지도 저러지도 못했다. 그해 겨울방학이 시작되자마자 한국행 비행기에 올랐다. 돌아가지 않을 수도 있었다. 내 결심을 굳힌 건 해든이 보낸 이메일이었다. 〈다크 아이즈〉라는 제목의 워드 파일이 첨부되어 있었다. 알 수 없는 일이지만, 내가 러시아에서 생활한 모습과 닮은 내용이었다. 그녀는 내 눈에 비친 모스크바의 삶을 그대로 본 것일까. 소설은 놀라운 반전으로 치달으며 내 가슴을 밤새 죄었다. 나는 직감했다. 그녀는 내게 신호를 보낸 것이었다. 다급하고 절박한….

그때의 심정을 정확히 표현하기가 어렵다. 앞을 보지 못하게 되어서도 꿋꿋했던 해든에게 연민을 느낀 것일까? 그녀에게 빚을 졌다는 생각이 되살아났을까? 아니면 그녀보다 한층 성숙하고 당당하게 변한 내 모습을 보여주고 싶었을까. 한 가지는 확실했다. 그녀는 무너져 내렸고, 나 또한 그 절망의 기슭에서 그녀의 손을 잡고 바동거릴 운명이었다.

겨울방학을 틈타 잠시 귀국했다가 돌아오려던 계획은 무너졌다. 러시아로 돌아가는 일은 요원했다. 겨울이 지나 한국에서 새 계절을 맞았다. 그 봄날, 나는 무서운 시나리오를 받아 쥐어야 했다.

5

빛의 레퀴엠

붕대가 풀리기 전부터 나는 알 수 있었다. 빛이 스며들고 있다는 것을. 미묘하게 뇌를 간지럽히는 느낌이 들었다. 얼마 남지 않은 시간은 나른하게 늘어져 흘렀다. 빛은 눈앞에 다가와 내 동공에 파고들 틈을 노렸지만, 나는 침착했다. 2년간 어둠에 잠겼던 내 눈을 희미한 기운이 다가와 적셨다. 마음속에 깊은 동굴 끝 출구가 한 점으로 박혔고 그것에 빛이 고이기 시작했다.

간호사의 손이 내 이마에 닿았다. 차갑고 메마른 손가락이었다. 2년 동안 눈을 대신했던 촉각은 그녀의 손톱 끝에 묻은 핸드크림을 감지했다. 그것의 차갑고 촉촉한 느낌을 읽어냈다. 코코넛 향이 희미하게 코끝을 스쳤다. 하지만 이제 그 모든 것이 뒷전으로 밀려났다. 내 의식은 서서히 밀려드는 빛에만 집중했다.

"천천히 하세요. 급하게 뜨지 마시고요."

의사의 목소리가 들렸다. 그의 음성은 내가 기억하는 것보다 조금 더 낮았다. 아니, 내 청각이 변한 것일까. 2년간 세상의 모든 소리를 빨아들이며 예민해진 귀가 이제 새로 시작한 시각의 걸음마에 보조를 맞추고 있었다.

붕대를 감았던 거즈가 한 겹씩 벗겨졌다. 그럴 때마다 빛의 강도가 조금씩 증가했다. 처음에는 우윳빛 같은 흐릿함이었다. 그것이 점차 황금빛으로, 다시 선명한 백색으로 변해갔다. 내 머리는 혼란스러웠다. 2년간 잠들었던 눈이 갑작스럽게 깨어나며 성냥불처럼 타오르는 듯했다.

마지막 거즈가 떨어져 나갔다.

세상이 폭발했다.

아니, 내 머릿속이 폭발한 것이었다. 무수한 색채의 파편들이 내 시야를 가득 메웠다. 빨강, 파랑, 노랑, 초록…. 하지만 그것은 내가 기억하는 색이 아니었다. 더 날카롭고, 더 생생하고, 너무 날 것처럼 보여서 잔혹하기도 했다. 마치 수일간 굶주린 사람이 넘치는 음식을 받은 것처럼,

내 눈은 과한 자극에 빠졌고 어느 것에 집중해야 할지 몰랐다.

눈물이 흘렀다. 아픔 때문이 아니었다. 기쁨 때문도 아니었다. 그것은 감각의 홍수가 내뱉는 생리적 반응이었다. 눈물은 볼을 타고 흘러내리며 입술 끝에 닿았다. 짠맛이 혀끝을 자극했다. 혀의 감각도 새로 태어난 듯했다.

"어떠세요? 보이세요?"

의사의 얼굴이 서서히 초점에 맞춰졌다. 하지만 그것은 내가 상상했던 얼굴이 아니었다. 목소리만으로 그려왔던 그의 모습과는 달랐다. 더 각진 턱선, 더 작은 눈, 더 두꺼운 입술. 내가 의존했던 감각의 세계와 실제 이미지의 괴리가 어지럼을 일으켰다.

병실의 형광등이 눈에 들어왔다. 차가운 백색광이 망막을 찔렀다. 나는 반사적으로 눈을 감았다. 하지만 어둠은 더 이상 완전하지 않았다. 눈꺼풀 속에 잔상이 춤추었다.

다시 눈을 떴다. 이번에는 더 조심스럽게.

창문이 보였다. 그 너머로 파란 하늘이 펼쳐져 있었다. 흩어져 떠 있는 구름 서너 조각이 지나치게 입체적인 느낌을 주었다. 나는 숨을 멈췄다. 눈으로 바라보는 세상에 돌아왔음이 실감 났다. 하지만 그것은 내가 기억하는 하늘보다 더 깊고 무한했다. 마치 처음 하늘을 보는 아이가 된 기분이었고, 그 광활함에 아찔했다.

손을 들어 얼굴을 만져봤다. 손가락에 와닿는 느낌은 따뜻하고 부드러웠다. 어떻게 변했을까.

간호사가 작은 손거울을 가져다주었다. 나는 침을 삼키며 그것을 받아쥐었다.

거울 속에 낯선 사람의 얼굴이 들어찼다.

내가 생각했던 얼굴 윤곽과는 다르지 않았다. 하지만 그것을 눈으로 확인하는 건 다른 경험이었다. 볼의 곡선, 눈의 크기, 입술의 모양…. 모든 게 내 손가락으로 느끼며 그려왔던 모습과 미묘하게 달랐다. 특히 내 눈이 그랬다. 안구는 만질 수 없었기 때문일까? 새 각막을 이식받은 눈동자가 예전보다 촉촉해 보였다. 정제수 속에서 막 건져 올린 것처럼.

그 순간, 거울 너머로 무언가가 스쳤다.

검은 그림자 같은 것이었다. 아주 잠깐, 찰나의 순간이었지만 분명히 보았다. 나는 고개를 돌려 그것을 찾으려 했다. 하지만 병실에는 의사와 간호사뿐이었다. 검어 보이는 것은 없었다.

"무엇을 보았나요?"

의사가 물었다. 나는 고개를 저었다. 하지만 마음 한편으로는 알고 있었다. 그것이 무엇인지를. 2년간 내 어둠 속에서 함께 살아온 그 존재를. 이제 빛이 돌아왔지만, 그것 또한 나와 함께 새로운 세상으로 빠져나온 것이었다.

나는 다시 거울을 들여다봤다. 이번에는 내 눈 속 깊은 곳을, 새 각막 아래 숨은 오래된 망막 속 잠든 기억을 보려고 했다.

그곳에서 해든이 눈빛을 쏘며 나를 바라보고 있었다.

묵직한 저음들이 울리기 시작했다. 나는 그것을 이제 눈으로도 볼 수 있었다. 검은 파동이 시야 끝에서 다가왔다.

다시 한번 밝힌다. 내가 글을 쓰게 된 동기는 인간의 귀로는 느낄 수 없는 지극히 낮은 음을 묘사하기 위해서였다. 정작 그 세계에 도달한 건 내가 시력을 상실했을 때부터였다.

시력을 되찾은 지 사흘이 지나 나는 퇴원했다. 지난 2년 동안 손으로만 더듬어 왔던 공간이 이제 눈앞에 펼쳐졌다. 닫혔던 세상이 돌아왔고, 나는 그것을 두 눈으로 안았다.

택시를 타고 집으로 향했다. 도로에 늘어선 가로수는 잎을 파르르 떨며 내 마음을 진동시켰다. 현관에서 비밀번호를 누르고 집에 들어가 거실을 둘러봤다. 미처 깨닫지 못한 사실이 하나씩 다가왔다. 이 집이 이렇게 넓었었나? 소파 색상은 베이지색이라고 생각했는데, 지금 보니 노란색에 가까웠다. 커튼 사이로 밀려든 햇살은 생생하고 아름다웠다. 그 속에 떠다니는 먼지마저 반짝였다. 시각을 잃었던 동안에는 상상하기도 어려운 장면이었다.

나는 옷을 벗고 나신으로 전신 거울 앞에 섰다. 이게 나일까? 거울 속에 들어찬 사람이 나라고 확실할 수 있을까? 탄력이 떨어지고 거칠기만 한 피부, 균형 잡히지 않은 몸매, 특히 손등은 혈관이 비쳤고 주름이 졌으며 투박했다. 시각의 단절은 갑작스러운 늙음을 내게 안겼다.

지예는 러시아에 있다. 내가 실명하는 과정을 지켜보며 그녀는 충격에 휩싸였다. 내 처지로는 그녀를 곁에 둘 순 없었다. 그녀는 유학을 원했다. 나는 오스트리아를 떠올렸으나, 그녀는 러시아를 고집했다. 내 소식을 들은 그녀는 나를 만나러 오겠다고 했지만, 언제인지는 말하지 않았다.

이제 무엇을 먼저 해야 할까.

자명한 일이지만, 선뜻 손을 내밀기 어려웠다. 모든 게 제자리에 있었다. 마음속으로 그려왔던 모습과 다르지 않았다. 프롬프트가 깜빡이는 노트북, 손으로 더듬기만 했던 책, 심지어 연필 한 자루까지 내 예측과 다르지 않은 곳에 놓여 있었다. 책상 한구석에 놓인 작품 구상 노트가 지난 시절에 펼쳐진 허상의 세계를 말했다. 글씨는 삐뚤빼뚤하고 서로의 경계선조차 없이 질서를 잃어 난잡했다. 내 손가락은 대체 무엇을 쏟아낸 것일까.

노트북은 그나마 정직했다. 내가 쓴 글을 정연하게 담고 있었다. 그러나 볼 수 없는 글을 키보드에만 의존해서 썼기에, 오타가 많았다. 그런 것쯤이야…. 하나하나 내 눈이 펼친 그물로 걸러내면 그만이다.

보조 책상에 쌓인 것을 책상 위로 옮겼다. 탁상 등을 켜고 하나씩 살폈다. 그간 내게 온 우편물을 빠짐없이 모아둔 터였다. 때 지난 선거 공보물, 출판사가 보낸 문서 그리고 팬레터가 몇 통 있었는데, 나는 그것을 열어 보지도 않고 쓰레기통에 구겨 넣었다. 이제 두꺼운 갈색 봉투만 남았다. 그것만이 내게 관심을 끌었다. 보낸 사람 난에 '이해든'이라는 이름이 적혀 있었다. 소인에 적힌 날짜는 내가 시력을 잃고 석 달가량 지났을 즈음이었다. 나는 종이칼을 쥐었다.

봉투 사이를 미끄러져 가는 종이칼이 가슴에 뭉쳐 있던 혼란도 가르는 듯했다. 그 속에서 어떤 충격이 튀어나와 나를 삼킬지 모르지만, 확인해야 했다. 다시 앞을 보게 된 내게 남은 유일한 의무일 것이다.

봉투 안의 내용물은 두 가지였다. 하나는 A4 용지로 출력된 원고였고, 다른 하나는 검은색 표지의 노트였다. 원고에는 〈어둠에 잘린 눈〉이라는 제목 아래로 '이 작품을 김한나 작가님께 바칩니다.'라는 문구가 적혀 있었다. 짧은 분량이었기에 그것부터 읽어 내려갔다. 페이지를 넘길수록 가슴에 긴장이 쌓였다. 마지막 문장을 읽고 나서는 정신이 멍멍했다. 말도 안 돼.

단편 소설 형식으로 쓴 글이었다. 캐나다에 사는 샴쌍둥이가 분리 수술을 받으며 파국으로 이어지는 이야기였다. 나는 책상 옆 맨 아래쪽 서랍을 열었다. 붉은색 편지봉투가 보였다. 그것을 거꾸로 쥐고 흔들자, 안에 든 물건이 책상 위에 떨어졌다. 작은 녹음기였다. 스티커에 내 이름이 적혀 있었다. 작동은 하지 않았다. 충전 단자에 꽂자, 전원이 들어왔다. 나는 재생 버튼을 눌렀다. 녹음기에서 내 음성이 흘러나왔다. '그러니까 나는 하나였는데, 어느 순간부터 둘로 갈라졌어요. 그런 뒤로 나는 내가 아닌….' 나는 입술을 깨물었다. 오래전, 최면을 받으며 녹음해 둔 것이었다.

해든의 원고를 다시 살폈다. 조금씩 차이가 나는 부분이 있었지만, 그것은 내 이야기, 아니 그것을 뭐라고 부르든, 내 전생의 기억과 비슷했다. 그것에 대해 아는 사람은 내게 최면 치료를 했던 김정우 박사뿐이다. 그가 내 이야기를 흘렸을까? 그럴 리가 없다. 만일 그랬다면 그건 심각한 범죄다. 신망이 높은 사람이 스스로 무덤을 팔 까닭이 없지 않은가.

노트북에 브라우저를 띄우고 검색란에 '김정우'를 입력했다. 최면을 받았던 그 시기에 그가 보낸 이메일이 목록에 떴다. '긴급'이라는 짧은 제목이 눈에 띄었다.

김한나 작가님,

의뢰하신 사실을 추적한 결과

모든 게 작가님의 생각과 일치했습니다.

첨부한 파일을 확인 바랍니다.

짧은 내용이 담겨 있었다. 이미 읽은 것으로 표시되어 있는데, 읽었던 기억도 나지 않고 어떤 뜻인지 알 수도 없었다. 내가 무엇을 의뢰했단 말인가. 첨부파일을 클릭해 보았지만, '손상된 파일'이라는 팝업이 떴다.

만만치 않은 일이 내게 닥쳤다. 어떻게 해야 할까. 검은색 가죽으로 양장한 노트를 앞에 두고 손가락으로 두드렸다. 달리 어쩔 수 없었다. 블랙박스 같은 이 노트를 펼쳐야 했다.

    검은 눈이여, 정념의 눈이여.
    불타는 그 눈으로 나를 삼켜라.

겉장을 넘기자 이런 문장이 내 눈에 빨려 들어왔다. 오묘하고 벅찬 감정이 마음속에 일었다. 한 장 한 장 넘기는 동안 내 넋은 온전히 노트에 빠져버렸다. 그게 〈다크 아이즈〉를 구상한 노트인 건 분명했다. 설정된 등장인물들은 익숙했고 시놉시스도 내가 쓴 작품을 빼닮았다. 다른 점이 있다면 배경이었다. 그녀는 스토리 배경을 러시아로 설정했다. 그것 말고는 내 작품과 차이가 없었다. 세부 플롯을 적은 파트를 읽으면서 나는 얼빠진 사람처럼 웃음을 내뱉었다. 이건 대체 뭘까. 이 친구는 내게 무얼 원하는 거지?

두 가지 가정이 가능하다. 첫 번째는 해든이 내 작품을 읽기 전에 이 작업을 했다는 것, 두 번째는 내 작품을 읽은 뒤 이유는 알기 어렵지만 이 노트를 작성한 것. 그러나 어느 쪽도 말이 되지 않는다.

이제 불쾌한 기억을 되살려야 한다. 단지 우연이 겹쳤다는 말은 의미가 없다. 어쨌든 C 출판사 공모전에서 그녀의 작품을 접하며 느꼈던 그 당혹은 이제 내 삶의 족쇄 같은 것이 되고 말았다.

노트를 덮는다. 이제 나는 해결에 나서야 한다. 노트북에 열린 워드프로세서에서 마우스 휠을 굴려 훑는다. 앞을 보지 못하는 동안 쌓인 글은 한마디로 난장판이다. 문학계의 성인이었던, 위대한 눈먼 자들을 떠올린다. 호메로스에서 보르헤스까지. 알 수 없는 일이다. 대체 그들은 어떻게 글을 썼을까. 일필휘지? 그렇다. 그들에겐 다듬고 수정하는 일이 불가능했다. 그렇다면 애초 내면에 쌓은 글이 천의무봉(天衣無縫)이었다는 이야기다. 나는 그들과 달리 최신 프로그램의 음성 기능까지 사용했지만, 결국 이렇게 난잡한 누더기를 마주하고 있을 뿐이다. 그것이 〈다크 아이즈〉 후속편이라 생각하니 어디서부터 손을 대야 할지 감이 오지 않는다.

'두 번째 이야기로 이어짐.'이라는 문구가 내 마음을 짓눌렀다. 해든의 노트는 그런 문구를 마지막으로 맺어 있었다. 그녀는 그 이야기를 쓰겠지? 상관없다. 내 노트북에 이미 단행본 분량의 글이 쌓여 있으니, 내가 먼저 출판하면 그만이다.

휴대전화에 저장된 김정우의 번호로 전화를 걸었다. '등록되지 않은 번호'라는 안내 음성이 나왔다. 그가 운영했던 센터를 인터넷으로 검색했다. 아무 정보도 나오지 않았다. 그의 블로그도 유튜브도 폐쇄된 채 문을 닫았다.

어디서부터 단서를 찾아야 할지 알 수 없었다. 나는 우선 내 작품 〈다크 아이즈〉를 되짚어 보아야 했다. 지금까지 벌어졌던 모든 혼란의 근원이었다. 소파에 몸을 묻고 마음속으로 질문을 떠올리며 그것에 답했다.

- 〈다크 아이즈〉는 당신의 작품인가?
- 그렇다.
- 누군가의 경험을 참조했는가?
- 아니.
- 〈다크 아이즈〉의 핵심 아이디어는?
- 주인공 소녀가 알 수 없는 그림자를 보는 것이다.
- 어떤 것에서 영감을 받았지?
- 나와 딸아이의 실제 경험에서.
- 주요 사건은?

- 모녀의 이야기다. 엄마가 겪어왔던 증상이 자기 딸에게도 찾아온다.
- 그림자란 무엇인가?
- 단순하지 않다. 마음이 빚어낸 허물일 수도 있고, 물리적 시각의 오류일 수도 있다.
- 언제부터 그림자를 보게 되었는가?
- 엄마는 성인을 훌쩍 넘어 겪었고, 딸에게는 그보다 일찍 닥친다.
- 이야기는 어떻게 전개되는가?
- 엄마는 유학 시절 경험한 트라우마 때문에 그림자를 보게 되었다고 여긴다. 하지만 허물없이 자란 딸이 같은 그림자를 본다고 말하자, 그 수수께끼를 직접 찾아내겠다고 나선다.
- 그 트라우마란?
- 딸을 임신했을 때 느꼈던 정체성의 혼란이다. 러시아에서 '다크 아이즈'라는 노래를 들으며 처음으로 증상을 겪는다.
- 그 증상에 대한 실체는 무엇인가?
- 엄마는 정신적 망상으로 접근한다. 그러나 어느 전문가도 해답을 내놓지 못한다. 최면 치료를 받은 이유도

그것이다.

- 어떻게 그 증상은 해소되는가?
- 여기에는 핵심 반전이 있다.
- 반전이란?
- 유전과 관련된 것이다.
- 결국 결론은?
- 엄마와 아이 모두 선천적 시신경 장애를 가지고 있었다.
- 해든이 같은 스토리로 글을 썼단 말인가?
- 그렇다.
- 해든을 언제부터 알게 되었나?
- 지예의 바이올린 교사로 들이면서부터다.
- 〈다크 아이즈〉를 출판한 이후인가?
- 그렇다.
- 해든과 대화를 나누며 그 증상에 대해 말한 적 있는가?
- 없다. 그럴 이유도 없다.

이제 분명해졌다. 내가 구상한 소설을 해든이 먼저 쓴 것은 확실하다. 그렇다면 내가 아닌, 정우나 남편을 통해서 어떻게든 내 플롯을 해든이 습득한 것이다. 더는 망설일 이유가 없다. 이 문제를 해결할 방법은 하나뿐이다. 해든과 직접 만나 결판을 지어야 한다.

남편에게 전화했다. 내가 다시 눈을 뜨게 된 사실을 알리자, 남편은 울먹이며 축하했다. 나는 그에게 다음 주 토요일 저녁 식사에 초대할 터이니 꼭 와달라고 했다. 다만, 조건을 달았다. 그는 난처한 반응을 보였지만, 거부하지 못했다.

한 주가 지나면, 이 집에서 모든 의문이 해소될 것이다. 나는 머릿속으로 시나리오를 짰다.

약속한 날 아침, 잠에서 깨어 창문으로 갔다. 조금씩 쌓이는 빛이 가슴에도 차올라 적잖이 긴장을 일으킨다. 어둡기만 하던 하늘이 회색으로, 파랑으로 그리고 금색으로 차츰 변한다. 매일 아침 새로이 다가오는 세상은 언제나 경이롭다.

커피를 마시고 음악을 듣다가 차를 몰고 마트에 들렀다. 오후에는 반신욕을 하고 미장원에 들러 머리를 다듬었다. 그러고는 요리를 시작했다. 준비한 재료들이 형형색색을 띠며 뒤섞였다. 당근의 주황색도, 파프리카의 노란색도, 브로콜리의 초록색도 마치 해상도를 높인 화면을 보듯 색감이 풍부했다. 주요리로 쓸 소 안심은 갓 도축한 듯 선명한 피를 머금고 있었다.

요리를 마쳐갈 즈음, 해가 지기 시작했다. 노을이 그렇게 극적인지 왜 이전에는 몰랐을까. 하늘이 저렇게 많은 색을 가지고 있다니 놀라울 뿐이었다.

테이블에 미색 리넨 식탁보를 깔았다. 오늘의 이야기를 그려낼 캔버스를 펼친 것 같았다. 나는 그곳에 스케치하듯 세심히 세팅했다. 자리마다 물 잔과 와인 글라스를 배치했다. 오늘 모일 이들은 이곳에서 어떤 모델이 되어줄까. 테이블 한가운데에 양초 네 개를 놓았다. 각자의 마음속을 비출 스포트라이트가 되겠지?

플로어 스탠드만 남기고 모든 조명을 껐다. 집 안은 온통 주홍색으로 물들었다. 여섯 시가 지나자, 남편이 모습을 보였다. 야자수잎 문양이 그려진 남색 티셔츠 차림이었다. 옷은 주름져 있고 깔끔하지 않았다. 들뜬 표정을 감추지 못하고 말을 더듬었다. 다행히 그는 내가 요구한 일을 해냈다. 모두 참석할 거라고 했다.

30분 후, 정우가 왔다. 얼굴이 시커멨고 눈이 퀭했다. 그는 내가 눈을 뜬 것에 대해 어설프게 축하했다. 나는 마지막 손님을 기다렸다.

그 손님은 검은 원피스를 입고 나타났다. 그녀의 눈을

다시 보는 순간, 뜨거운 기운이 가슴속에 타들어 갔다. 내가 알던 눈 그대로였다. 해든은 여전히 도도했고, 차갑고 시린 아름다움을 지니고 있었다.

각자 자리를 잡았을 때, 나는 요리를 내오고 글라스에 차례로 와인을 따랐다. 건배를 하고 한 모금씩 마신 뒤에는 접시와 포크, 나이프가 서로 달그락거리는 소리만 울렸다. 누구 하나 말을 하지 않았다.

나는 리모컨의 버튼을 눌렀다. 베르디의 레퀴엠이 스피커에서 흘러나왔다.

"어때요? 오늘 모임에 어울리는 음악 아닌가요?"

내가 말을 띄우자, 모두 나를 쳐다봤다. 하나같이 어색한 미소로 화답하고는 다시 시선을 접시에 묻었다. 그들이 접시를 비울 때까지 나는 입을 다물었다. 남편은 허겁지겁 음식을 입에 쑤셔 넣었고 정우는 깨작거리다가 포크를 내려놓았다. 해든은 갓 시집온 색시처럼 공손하고 정갈하게 씹었지만, 반도 채 먹지 않았다.

"어디, 시작해 볼까요?"

나는 촛불을 바라보며 말했다. 남편은 씹던 음식을 꿀꺽 삼키며 가방에서 술병을 꺼내 들었다. 값싼 위스키였다. 정우는 담배를 피워도 되냐고 물었고, 나는 대답 대신 내가 가진 담배를 꺼내 물었다. 불을 붙이며 남편에게 시선을 고정하고 물었다.

"당신, 이 여자는 언제부터 아는 사이였지?"

"내가 화랑을 잃고 거리를 떠돌 때부터였어."

"흥미롭군. 공교롭게도 내가 〈다크 아이즈〉를 발표한 시기라니…."

나는 정우에게 시선을 돌렸다. 그는 고개를 조금 숙인 채 글라스를 만지작거렸다.

"박사님? 이 여자와 처음 보는 사이가 아니죠?"

정우는 고개를 끄덕였다. 해든은 촛불을 바라보았고, 반사된 빛에 눈이 반짝였다. 저 눈. 그곳에 대체 어떤 감정이 담긴 것일까.

"해든 씨, 뭔가 해명이라도 해야 하지 않을까?"

내 질문을 들은 그녀는 눈을 두어 번 깜빡였다. 그러고는 서서히 고개 돌려 나를 보았다. 살짝 미소를 지었는데, 차가운 조소에 가까웠다.

남편은 나를 흘끔 보고는 고개를 절레절레 흔들었다. 그때 해든이 입을 열었다.

"제가 왜 이 자리에 있어야 하죠? 작가님은 처음 보는 사이인데 무례하군요."

남편이 식탁을 손바닥으로 쳤다. 나는 그들을 번갈아 보았다. 요것 봐라?

나는 그녀가 망상에 빠졌다고 생각했다. 정우를 부른 이유 중 하나였다.

"그렇군. 좋아. 김 박사님? 어때요? 이 정도면 확실하죠? 그 망상이라는 증상 말이에요."

정우의 턱을 괴었던 손이 턱을 어루만졌다. 그는 눈을 감았다. 이 상황을 정리해 보려는 듯 고심하는 모습이었다. 잠시 뒤, 그가 답했다.

"한나 씨, 진찰을 하기 전에 단정 내릴 수는 없습니다."

나는 기가 막혔다. 내 집에 해든이 1년 넘게 드나들었는데, 왜 그녀의 거짓말에 정우가 뭉그적거리는 걸까.

"좋아요. 본론으로 들어가도록 하죠. 자, 해든 씨? 어떻게 내 플롯을 훔쳤을까? 왜 그런 도둑질을 한 거야?"

해든의 검은 눈이 날카롭게 빛났다. 그 눈으로 나를 쏘아보았다.

"도둑질은 당신이 했죠."

그녀의 도발적인 대답을 듣자, 내 머리가 지끈거렸다. 끝까지 가보자는 포고처럼 들렸다.

"박사님? 그리고 당신. 내 작품에 관한 이야기는 두 분만 알고 있었던 사실이죠? 어디, 누가 흘렸을까요? 이 당돌한 아가씨에게?"

남편은 흥분하며 두 손을 펼쳐 저었다. 정우는 얼굴을 굳혔는데, 낯빛이 어두워졌다.

"인정할 수밖에 없겠죠? 왜 다들 말이 없어요? 이 미친 년이 무슨 짓을 벌였는지 똑똑히 알고 있잖아?"

그때, 해든이 자리에서 일어났다. 모두를 둘러보더니 앙칼진 목소리로 말했다.

"내겐 증인이 있어요. 내가 그 작품을 먼저 썼다는 걸 증명할 사람."

"해든 씨, 그리고 한나 씨, 내게 설명할…."

정우가 뜨악한 표정으로 말했다. 해든은 아랑곳없이 휴대전화를 들고 누군가와 통화했다. 그러자 초인종이 울렸다. 그녀는 현관 밖으로 나갔다가 누군가를 데리고 왔다. 이럴 수가….

모두 얼어붙었다. 해든과 나란히 선 여자는 또 다른 해든이었다. 마치 데칼코마니를 보는 것 같았다. 똑같은 헤어스타일과 검은 원피스 차림이었다. 그 검고 매력 넘치며 외설스럽기도 한 눈이 이제 네 개로 늘어나 내 시선에 파고들었다. 누가 해든인지 구분할 수도 없었다.

6

그림자의 그림자

✦
  ✕

매일 꿈을 꾼다. 그것은 축복이자 저주다.

꿈결이라는 낱말은 그 자체로 몽환의 기운을 흘린다. 아름답지만 매서운 독을 품은 풀밭처럼 고랑마다 진녹색 어둠이 가득 찬 세계다. 스치는 풀잎에 독이 옮고 피를 흘리며 기침하더라도 그 세계는 무심하다. 눈을 켜지 않고 미동도 없지만, 그들의 아우성은 심연의 핵을 진동시킨다. 네 발을 내밀어라. 그 마력 넘치는 골짜기에서 어둠이 어둠을 삼키는 세계로 인도하리라. 낮보다 밤이 훤하고 밤보다 낮이 어두운 그곳으로.

그렇게 꿈을 꾼 뒤, 덧없는 상념에 젖어 있으면 현실이라는 무거운 세계가 다가와 나를 주눅 들게 했고, 내가 쳐놓은 막에 구멍을 숭숭 낸다. 그것쯤이야 허물어져도 그만이다. 내겐 해연이 있기 때문이다.

김한나 작가가 집으로 초대한 지난밤, 나는 해연을 그들 앞에 세웠다. 우리 쌍둥이 자매를 보며 그들은 하나같이 얼굴을 으그러뜨렸다. 나는 통쾌했을까? 그렇지 않았다. 그 피날레를 위해 세웠던 우리 계획을 낱낱이 늘어놓을까 생각해 봤지만, 그건 의미 없었다. 그 뒤에 밝혀진 진실은 허무했고, 모두를 출발점으로 되돌렸다.

한나가 〈다크 아이즈〉를 출판했을 때, 내가 꾸어온 꿈의 세계는 한순간에 분쇄되었다. 그것으로 끝나지 않았다. 나는 한동안 내가 누구인지 궁금했고, 혼란에 빠져 나 자신을 멸시하기도 했다. 그 수렁 속에서 한 가지 아이디어가 반짝였다. 모호하던 계획이 가지를 뻗었고, 그것을 위해서는 해연이 필요하다고 결론 내렸다.

해연에게는 그녀만의 장점이 있었다. 그녀는 무엇이든 부풀려 생각하지 않았다. 그게 우리 자매의 차이였다. 내가 꿈을 기록하며 현실보다 생생한 장면을 보는 동안, 해연은 실제 세계가 가져다주는 소소한 안락과 예측되는 미래에 만족했다. 언제부터였을까….

 통조림 깡통이 내 발 위로 떨어지던 순간이었다. 그 깡통의 무게는 어린 시절부터 나를 속박했던 쇠사슬을 끊었다. 물론 희생의 법칙이 필요했다. 그건 바로 내 발등에서 솟아 나온 피였다. 그 상처가 벌어졌을 때, 그 작은 틈으로 흘러나오던 피가 내 근원적 내면을 열었고, 해방이라는 감정을 안겼다. 자아를 경계 짓는 피부가 얼마나 허물어지기 쉬운 것인지를 느꼈다. 그 뒤로 잠들면 꿈을 꾸기 시작했다. 꿈속에서는 모든 게 나로 이루어져 있었다. 아빠도, 해연도, 누군지 알 수 없는 사람들도 알고 보면 다 나였다. 그뿐만 아니라 정원에 핀 꽃이나 하늘에 뜬 두꺼운 구름, 솔잎처럼 내뿜는 태양의 뾰족한 빛과 그 빛을 조각내며 파도 위에 일렁이는 바다까지 모두 내 눈을 달고 내 시선으로 세상을 보았다.

 불행히도 내가 의식해야 할 시선이 남아 있었다. 그것은 해연이었다. 그녀와 나는 하나였고 그렇게 자라왔기에 우리는 생각도 같으리라 여겼다. 하지만 해연은 꿈을 꾸지 않았고 내 꿈 이야기도 흘려들었다. 나는 연기를 해야 했다. 해연과 다른 생각을 품지 않은 척.

 어쩌면, 아빠의 실험실에 해연 대신 간 건 운명이었을

지 모른다. 눈이 먼 순간부터 외부의 세계가 닫혔지만, 내면의 세계가 더 선명하게 열렸고 무한한 깊이로 확장했다. 나는 바이올린을 포기하는 대신 글을 쓰기 시작했다. 진정한 내가 새 세계에서 걸음마를 시작한 것이다. 나와 해연 사이를 연결하던 끈은 점점 희미해져 갔다.

물결처럼 흐르는 어둠의 세계에서 내 숨결은 활기를 띠었다. 이제 꿈과 현실이라는 이중적 삶에 구애받지 않아도 되었다. 항상 꿈을 꾸는 것 같았고, 신비로운 심해를 헤엄치는 기분이었다. 느리고 어둡지만, 깊이 가라앉을수록 '나'는 하나의 결정(結晶)으로 자라났다.

마음은 점점 눈을 크게 떴고 새로 다가온 세계에 적응했다. 수묵화 같은 실루엣이 어른거렸다. 그것은 맑은 물에 떨어진 먹물이 연기처럼 퍼져나가듯 아름다웠다. 그러면서 사람의 모습을 남기고는 사라졌다. 나는 그렇게 피어난 이미지를 부활시켰다. 그 세계에서 사람들이 모이고, 그들은 사건과 갈등을 일으켰다. 나는 그것을 이야기로 엮었다. 그렇게 글이 쌓여 완성되면 그 이야기에 이름을 붙여야 했다.

제목을 짓는 일이 가장 어려웠다. 그것은 생전 처음 보는, 알록달록한 과일에 이름을 붙이는 것과 같았다. 그런데 해연과 내가 어려서부터 해왔던 놀이가 도움을 주었다. 그 이름짓기 놀이에서 해연은 나보다 한 수 위였다. 나는 초고를 마치면 제목을 고심하다가 '결핍'이라든지 '이탈' 같은 추상적인 낱말을 떠올렸는데, 해연은 그보다 더 알아듣기 쉬운 제목을 생각해 냈다.

그렇게만 지냈어도 서로에게 불만은 없었을 것이다. 해연은 음표로 스케치한 세상을 담았고 나는 더 진한 그림자를 좇아 글에 빠져들었다. 구상과 추상으로 갈렸지만, 우리는 같은 숨을 공유했다. 그런데 그 세계는 오래가지 않았다. 다른 누군가가 끼어들었다. 준수였다.

이성에 대한 관념적 개념도 없었던 우리는 당황했다. 그는 우리의 몸에 삽입된 이물질 같은 것이었고 받아들이기 어려운 존재였다. 당연히 그를 밀어내야 했다. 다만, 나는 그들의 관계가 싱겁게 끝나기를 바라지 않았다. 내 소설에 담아야 할 경험이 필요했다. 남녀 간의 감정을 경험해 보지 못한 것은 내 유일한 결점이었다.

여기서 한 가지 고백이 필요하다.

한 해가 지나자, 시력이 조금씩 돌아오기 시작했다. 오묘한 경험이었다. 눈앞에 무언가가 보이는데, 또렷하지는 않고 물에 번진 듯한 얇은 선과 점으로만 보였다. 윤곽은 감지했으나, 무엇 하나 경계를 구별하지는 못했다. 그 무엇도 이을 수가 없었기에 초점이 맞지 않는 망원경을 들여다보는 것 같았다. 그것은 내게 새로운 감각을 일깨웠다.

나는 볼 수 있다. 하지만 거의 보지 못한다.

나는 추상도 구상도 아닌 세계와 마주하게 되었다.

꿈과 현실이 엮였고 더 묵직한 문체가 내 글에 스며들었다.

정확히 말하자면, 내 눈은 어렴풋한 그림자를 보는 것 같았다. 나는 이 사실을 해연이나 아빠에게 말하지 않았다. 그리고 앞이 전혀 보이지 않는 것처럼 행동했다. 특권을 누리고 싶었기 때문이다. 그 특권이란, 시각장애인에게만 주어지는 독특한 아지트였다. 그것이 유지되는 한, 사람들은 일정한 거리를 두고 나를 바라볼 것이고, 나는 누구의 시선도 간섭하지 못하는 시간을 가질 것이었다.

해야 할 일이 있었다. 어둠의 밑자락에서 희미하게 자라난 아이디어를 잃지 말아야 했다. 나는 시력이 완전히 돌아오기까지 나만이 지닐 수 있는 감각으로 관찰하고 표현하고 싶었다.

준수가 나타나지 않았다면, 나는 그 연극을 포기했을지

도 모른다. 그를 만나면서부터 새로운 감정이 꿈틀거렸다. 시각장애인을 대하는 그의 태도는 뜻밖이었다.

그는 나를 불완전한 육체로 보지 않았다. 누구보다 충만하고 완벽한 존재로 대했다. 오히려 시각에 의존하는 삶을 불완전한 것으로 여겼다. 눈멂 그 자체를 동경한다고 했다. 외부로는 어둠만 마주할 뿐이지만, 내면은 훨씬 화려한 빛으로 가득하리라는 생각이었다.

그는 꿈꾸고 있음을 인식하며, 그 꿈의 내용을 자기 의지대로 이어가는 자각몽, 이른바 '루시드 드림(lucid dream)'을 원했다. 피아노를 연주하며 그와 비슷한 경험에 이르렀고, 그 신비로운 길이 열리는 이유를 파헤치려 했다. 길 끝에서 항상 거대한 성을 마주했지만, 그는 좌절했다. 성문은 굳게 잠겨 있었다. 문을 열기 위해서는 더 정교한 기교가 필요하다고 했다. 그가 최면에 관심을 가지게 된 계기였을 것이다.

내게 부럽다는 말을 한 적은 없지만, 나는 그의 마음을 꿰뚫어 볼 수 있었다. 매혹으로 가득 차고 끝이 없을 듯 펼쳐진 내 내면세계에 그는 끌렸다. 그는 그 세계가 자신이 추구하는 것과 같다고 생각했다.

우리가 나눈 말은 주로 그런 것이었다. 내게 보이는 그의 모습은 옅은 그림자에 불과했고, 그건 내 내면에 얼마든지 있는 것이었다. 그런데 어느 날, 준수라는 그림자가 흐느적거리기 시작했다. 기괴하게 뒤틀린 꿈을 꾸고 난 날이었다.

꿈에서 누군가 피아노 앞에 앉아 있었다. 내가 상상으로 그려낸 준수였다. 검거나 흰 건반들이 그의 손을 기다렸고, 그는 더없이 만족한 미소로 바라보았다. 혀로 입술을 적시기도 했다. 그는 손가락 하나를 내밀어 C 키를 눌렀다. 그러자 음, 하는 소리가 났다. 피아노 음이 아닌 사람이 내는 소리였다. 동시에 내 몸 어딘가에 기분 나쁘지 않은 통증이 파고들었다. 그가 손가락을 떼자, 그 건반은 분홍빛으로 물들었다.

그는 C 메이저 코드를 눌렀다. 나는 바늘 같은 빛이 찌르는 것 같아 몸을 떨었다. 이어 그가 마이너 코드를 누르자, 나는 호흡을 바꿨고, 은밀한 느낌에 빠졌다. 그는 5도씩 상행하며 코드를 순환했다. 그러고는 옥타브를 바꿔가며 거의 모든 건반을 눌렀다. 건반이 죄다 분홍색으로 변했고 내 몸 전체가 눈을 뜨는 것 같았다. 이제 그는 연주를 시작했다. 처음 들어보는 집시풍 곡이었다. 나는 달아올랐다. 선율이 귓속에 파고들어 내면에 꽂혔고, 그 안에 모여 있던 그림자들을 춤추게 했다. 몸은 점점 부풀었고, 그럴수록 열린다는 느낌이 들었다. 몸이 끈적이는 액체로 변하는 것 같았다. 클라이맥스에 이르렀을 때, 뜨거운 무언가가 몸을 죄었다. 눈앞이 환해지고 또 환해졌다. 나는 그 눈부심 속에서 속눈썹을 파르르 떨었다.

빛이 흩어지고 몸은 식어가기 시작했다. 눈앞에 보이는 건 알몸이 된 준수였다. 피아노 위에는 한 여자가 나신으로 누워 숨을 고르고 있었다. 그건 해연이었다.

한 가지 잊었던 사실이 떠올랐다. 나는 해연의 몸이 일으키는 반응을 동시에 느낄 수 있었다. 한쪽이 아프면 다른 쪽도 아팠고, 기분이 좋거나 우울하거나 결국 둘 다 같은 울림으로 진동했다.

그날 이후, 호기심이 맴돌았다. 꿈속에서 내가 경험했던 괴상한 감정은 무엇일까. 한 번도 그런 느낌을 받아본 적이 없었다. 아직 내가 모르는 세계가 있다는 것인데, 그게 무엇일지 궁금했다.

나는 아무것도 보지 못하는 척했다. 내 눈을 통해 마음이 읽혀서는 곤란했고, 눈먼 내게 준수가 품은 감정에 금을 내기 싫었다.

그에게 내가 꾸었던 여러 꿈을 이야기해 주었다. 어둡

고 막막한 꿈을 그럴 듯하게 꾸며낸 내용으로 말했다. 솔직히 말하자면, 꿈의 내용에 거짓말을 더해 개연성을 높였다. 그렇게 하나의 완성된 서사로 표현했다. 그는 의외로 깊이 빠져들었고 흥미로워했다. 하루는 이야기를 듣다가 전생에 대해 말했다. 그리고 내게 물었다. 네 전생이 궁금하지 않냐고.

그 말을 듣는 순간부터 나는 무엇엔가 홀린 것 같았다. 준수는 엉겨 있던 그림자 뭉치에서 떨어져 나와 팔다리를 팔랑거렸다. 그것이 온전한 십 대 소년 형체를 이루자, 알 수 없는 열기가 내 몸에 일었다. 선악과를 인지한 이브가 되고 말았다. 얼마나 위험한지 알면서도 나는 무모한 계획에 손을 내밀었다. 준수에게 전화해 마치 두 개의 인격으로 나뉘어 혼란스러워하는 듯 통화했다. 그는 바로 조퇴하고 달려왔다.

나는 침대에 걸터앉아 넋 나간 척 눈을 굴렸다. 준수는 나를 침대에 눕히고 라이터에 불을 붙여 내 눈 가까이 대었다. 나를 시각장애인으로 알고 있으니 그게 무의미한 걸 알 텐데, 그는 마치 의식의 일부인 양 건너뛰지 않았다. 나는 흐물거리는 형체를 보았지만, 그건 마치 눈을 감았을 때 떠오르는 잔상과 같았다.

준수는 내 머리 위에서 주문 같은 말을 되뇌었다. 당신은 편안하다. 더없이 편안하다. 머리 위로 쏟아지는 하얀 빛만 떠올려라.

그는 소곤거리듯 말했다. 목소리는 평소보다 톤이 낮았지만, 음절마다 또박또박 내 귀에 박혔다. 나는 주의를 기울여 그가 하는 방식을 머릿속에 새겼다. 그가 숨을 들이마시는 타이밍, '편안하다'는 단어를 강조하는 방식, 심지어 침을 삼키는 소리까지 귀에 담았다. 내 머리를 그의 손이 감쌌다. 손바닥의 온도, 쓰다듬는 강도의 흐름이 내 두피에 전달되었다. 잠시 뒤 내 코에 특이한 향이 파고들었다. 그 향이 폐에 쌓일수록 호흡은 더욱 깊어졌다. 마치 시간이 흐르지 않는 방 안에서, 심장의 박동이 먼 울림으로 변하는 것 같았다.

이런 게 통할까 싶었다. 준수는 내 자아가 얼마나 강하게 벼려졌는지 모를 것이었다. 나는 이런 짓은 장난에 불과하고 최면에 빠지는 일은 없다고 생각했다. 하지만 그건 오산이었다.

그의 암시에 따라 깊숙한 내면으로 가라앉다가 어느 순간, 몸이 한없이 이완되었다. 나는 그 어디로든 헤엄칠 수 있었다. 진정한 자유가 밀려왔지만, 한편으론 두려움이 쌓였다. 이건 대체 뭐지? 수많은 갈림길이 이어졌고 그 어떤 길을 고르든 내 마음이었다. 그러나 매번 내 판단은 무시되었고, 절대자의 명령 같은 한마디가 갈림길에서 빛을 머금었다. 준수의 명령이었다. 준수는 단호하고 권위적인 투로 인도했다. 그러니까 내 무의식을 탐험할 지도는 이미 그의 머릿속에 그려진 것 그대로였다. 벗어나고 싶은 생각도 들었다. 하지만 그 순간부터 다가온, 내가 처음 맛보는 달콤하고 나른한 기운이 내 의지를 흐렸다.

이를테면, 도박과 같았다. 현실에서 이뤄지리라는 확률은 중요하지 않았다. 칩을 한 움큼 던질 때마다 부풀어 오른 상상이 쨍쨍한 빛을 내뿜듯 빛났다. 그곳을 향해 한 걸음 내밀면 아직 맛보지 못한 환희가 기다리고 있을 것 같았다.

기억은 거기에서 멈췄다.

입을 열어 준수에게, 또는 누구랄 것 없이 독백하듯 길고 긴 이야기를 꺼내었다. 하지만 내가 무슨 말을 했는지 기억나지 않았다.

그 흐름을 깬 건 준수의 암시였다. 그의 목소리는 검은 물속처럼 아득하고 막막한 공간을 갈랐다. '이제 탐험을 멈춰라. 그러면 그 어느 때보다 아름답고 성숙한 자신을 보게 될 것이다.' 나는 눈을 떴다.

당했다. 무언가를 도둑맞은 기분이었다. 말해서는 안 되는 소중한 비밀을 누출했다. 그게 무엇인지는 알 길이 없었다. 마치 몸도 머릿속도 발가벗겨진 채 그의 주문에 따라 이리저리 뒤척인 기분이었다. 그건 최면이 아니었다. 일방적인 지배였다. 대체 그가 무슨 짓을 한 것일까.

처음에는 분하기만 했다. 그것이 딱히 준수를 향한 것은 아니었다. 나는 처음으로 내 의지와 상관없이 휘청이는 나를 보았다. 독한 술을 마신다면 이런 기분이 들까? 한 번도 이런 심정에 젖어보지 못했다. 상상으로도 접한 적이 없었다. 질척한 늪에서 내 몸은 잠겨가는데, 그럴수록 생각은 선명해졌다. 나를 수렁으로 빨아들이는 그 상황에서 떠올려야 할 일은 하나였다. 이대로 넘어갈 순 없다.

그날부터 내 꿈에 준수가 빠지지 않고 등장했다. 그는 쏟아지는 빗발 속에서 맨몸으로 기었다. 빗방울 하나하나가 화살촉처럼 날카롭게 변해 그의 몸에 꽂혔다. 그런데도 내가 그에게 손을 내밀지 않은 이유는 간단했다. 둥글게 굽힌 그의 등에 생채기가 쌓일수록 쾌감이 일었기 때문이다.

어린애 장난 같은 그 일로 인해, 준수와 나는 껄끄러운 관계가 되었다. 그는 나와 말 섞기를 꺼렸다. 나는 내색할 순 없었지만, 어떻게든 빼앗긴 내 무의식을 되찾아 와야 했다. 대체 뭘까. 왜 그는 입을 다물고만 있을까.

나는 결론을 내렸다. 약점 잡힌 사람처럼 애가 타들어 가는 건 내 쪽이었다. 의지로는 버티기 어려운 구속을 느꼈다. 그런 건 내가 허락할 수 없는 일이었다. 그렇다면 방법은 하나였다. 이제 내가 그를 굴복시킬 차례였다. 그러니까 내게서 훔친 걸 포함해 그의 세계 전부를 내 안에 옮겨 담는 것이다. 그런 생각이 들었지만, 오래가지 않았다. 준수는 그 뒤로 집에 놀러 오지 않았다. 해연과도 소원해진 것 같았다.

다음 해 여름, 준수가 우리 집에서 신세를 지기로 했을 때, 내 가슴에 묵혀두었던 감정이 꿈틀거렸다. 그때 내 눈은 색깔을 감지하기 시작했다. 아직 뿌옇기는 하나, 흑백의 세계는 막을 내렸다. 다시 시나리오를 짰다. 색감이 스며든 세계는 더 극적인 장면을 기다리고 있었다.

대수롭지 않을 법한 사건 하나가 그 시나리오에 힘줄을 심었다. 준수가 우리 집에 머문 지 일주일이 흘렀을 때였다. 나는 거실 응접실에 앉아 노트북을 켜고 오디오 북을 재생했다. 준수는 피곤해서 요리하기 싫다며 투정을 부렸고, 해연이 피자를 시켜 먹자며 내게 어떤 피자가 좋겠냐고 물었다. 나는 페퍼로니라고 대답했다. 해연은 피식 웃음을 터뜨리며 준수의 의견을 물었는데, 그는 그냥 중국요리를 먹고 싶다고 했다. 그래, 그게 낫겠어. 해연은 맞장구를 쳤다. 휴대전화의 버튼을 누르는 소리가 났다.

나는 기분이 상했다. 중국요리라면 나도 좋아하지만, 그녀는 멋대로 주문을 해버린 터였다. 그런 그녀가 유치해 보였다. 아니 천박하다는 느낌이 들 정도였다. 그날따라 해연은 들떠 있었다. 무슨 일이 있었구나, 하고 나는 재빨리 머리를 굴려보았다. 그날이 준수의 생일이라는 기억이 내 머릿속 더듬이에 닿았다.

해연은 내게 다가와 옆에 앉고는 노트북을 가로챘다. 음악을 듣자고 했다. 곧이어 경쾌한 바이올린 선율로 'La Cinquantaine(금혼식)'이 흘러나왔다. 돌이켜보면, 그것은 재앙의 전주곡이 된 셈이었다.

어렸을 적부터 우리가 즐겨 연주하던 곡이었다. 연주하기엔 단순하고 쉬웠지만, 우리에겐 특별했다. 우리 자매의 생일이 되면 서로를 위해 들려주던 비밀 같은 선율이었다. 그걸 준수에게?

그녀는 한 발짝 더 나아갔다. 이어 바이올린 케이스를 여는 소리가 났다. 내 시야에서 그림자처럼 어른거리는 그녀는 현을 퉁기며 음을 조율했다. 내 마음에 샛노란 기운이 고였다. 내장을 휘젓던 우울한 핏덩어리가 응결했다. 그 곡만큼은 내 귀에 울리지 말아야 했다.

왜 그런 생각이 들었는지 모르겠다. 내 꿈속 장면과 비슷한 상황이 이어졌기에 모든 게 덧없어 보였다. 준수가 아닌 해연이 연주했고, 피아노는 바이올린으로 바뀌었을 뿐이다. 그러나 구조는 같았다. 해연이 현에 활을 대어 밀고 당길 때마다 준수가 반응하는 것 같았다. 그의 얼굴도 윤곽만 보였지만, 그곳에 이는 표정이 미묘하게 뒤틀렸다. 저건 찡그림일까, 아니면 미소일까. 나는 자리에서 일어나 비틀거리며 계단으로 향했다. 해연은 연주를 멈추고 내 팔을 잡았다.

"무슨 짓이야?"

나는 해연에게 따졌다. 해연이 대꾸했다.

"무슨 짓이라니? 왜 지팡이도 없이 올라가려고 해?"

그제야 깨달았다. 누가 봐도 내 행동은 어색했다. 그들은 나를 향해 비웃는 듯했고, 나는 참을 힘이 남아 있지 않았다. 그만 울음을 터뜨리고 말았다.

그 울음은 물론 거짓된 표현이었다. 그들이 눈치챘든 아니든 상관할 바는 아니었다. 내 가슴에는 불이 지펴졌고, 나와 그들 사이에 벽이 쌓였다. 해연과 준수의 관계가 어떤지는 알 수 없었다. 나는 갑자기 사춘기 소녀가 된 듯 뾰로통해 있었고, 예민하게 굴었다.

냉랭해진 내게 준수도 해연도 함부로 대하지 않았다. 내 얼굴은 어두운 빛을 띠고 있었을 것이다. 거울에 비춰 그 모습을 볼 수 있다면 마음을 고쳐먹었을지 모른다. 하지만 그들의 태도 하나하나가 마음에 들지 않았고, 나는 점점 날카로워졌다. 내가 보이지 않는 곳에서 그들은 서로 나에 대해 이야기했을지도 모른다. 해연은 내 어린 시절의 우스꽝스러웠던 모습을 묘사했을 것이고, 준수는…. 준수가 문제였다. 최면에 빠졌을 때 내가 쏟아낸 이야기를 해연에게 해주었을까? 그 이야기가 그들의 입에서 입으로 옮겨지는 일은 참을 수 없었다.

나는 점점 삐뚤어졌다. 망각에 가려진 나의 이야기를 그들이 공유하는 게 싫었다. '그 애의 벌거벗은 몸을 보았어. 그런데 말이지….' 이런 말을 하며 서로 킬킬대는 것 같았다. 누군가가 끊임없이 상상으로 나를 범하는 기분이었다. 소름 끼치도록 불쾌했다.

그렇게 불안한 시간을 흘려보내다가 이상한 광경을 목격했다. 어두운 밤에 벌어졌기에 내 시력으로 제대로 볼 수는 없었다. 하지만 내 눈의 감각은 실낱같은 움직임만으로도 세세한 장면을 머릿속에 그려냈다.

잠이 오지 않아 뒤척이고 있는데, 옆 방문을 여는 소리가 났고 계단을 타고 내려가는 발소리가 들렸다. 발소리는 자연스럽지 않고 어색했다. 앞을 보지 못하는 사람이 내는 듯 불규칙한 발소리였다. 나는 방에서 나와 그 소리를 향해 걸었다. 해연의 윤곽이 보였다. 그녀는 막 층계 끝에서 발을 내디딘 참이었다. 나는 숨죽인 채 그 뒤를 쫓았다. 거실에는 희미한 조명이 켜져 있었고, 준수가 해연을 향해 다가와 마치 기다렸다는 듯이 그녀를 맞았다. 그러자 해연이 단추를 풀고 옷을 벗었다. 정확히 볼 수 없었지만, 내 눈에는 희뿌연 분홍빛을 띤 해연의 모습이 들어왔다. 준수는 해연을 지켜보기만 했다. 그러다가 해연의 귀에 대고 속삭였다. 잠시 뒤, 해연이 고개를 끄덕였다. 준수는 해연의 머리를 쓰다듬다가 옷을 입혔다.

물론 나는 그 상황을 이해하지 못했다. 방으로 돌아와 추리해 보았으나, 내 상상력으로도 의문을 지우기는 어려웠다. 해연의 모습은 분명 몽유병을 의심케 했다. 그렇다면 준수 앞에서 보인 행동은 설명할 수 있다. 하지만 준수가 어떤 귓속말을 했기에 해연을 돌려보낸 것일까? 해연은 매일 밤 그러는 것일까?

나는 어두운 시나리오를 썼고 그 세계에 빠져들었다. 준수의 피아노와 해연의 바이올린, 그들이 나누는 음악의 언어는 치밀하게 얽히며 확장해 나갔지만, 내 글의 세계는 쪼그라들었다. 내 글은 다른 방식으로 힘을 증명해야 했다.

여름 방학이 끝나갈 무렵, 나는 자정이 넘은 시간에 거실로 내려가 준수를 깨웠다. 준수는 어리둥절한 모습으로 나를 바라보았다. 나는 그의 어깨에 고개를 대었다. 준수는 나를 해연으로 착각했고, 내 속임수에 걸려들었다.

"얘기 좀 해."

나는 해연의 말투를 흉내 내 말했다. 어렵진 않았다. 거의 다르지 않았으니까. 조금 더 부드럽고 명랑한 느낌을 주면 되었다.

우리는 테라스로 나가 마주 앉았다. 이제 나는 무엇이든 보이는 사람처럼 행동해야 했다. 그의 시선을 피해 정원을 바라보며 대화했지만, 그를 바라볼 땐 어스름하게 검은 점으로만 보이는 그의 눈에 내 눈을 맞추었다.

"해든이 말이야. 걔한테도 최면을 건 적 있다고 했지?"

준수는 고개를 끄덕였다.

"말해줄 수 있어? 해든이가 어떤 이야기를 했는지?"

준수는 이번에는 고개를 저었다. 내 눈을 봐, 하고 내가 말했다.

"넌 해든이와 내 마음 깊은 곳에 숨겨진 상처를 캐내 양손에 움켜쥐고 있어. 이건 공평하지 않아. 우리에게 감추어진 응어리를 알고 싶어."

"꼭 알아야겠니?"

"그러지 않으면 우리는 예전처럼 지낼 수 없을 거야."

그때, 주방 쪽에서 소리가 났다. 준수는 감지하지 못할 작은 소리였는데, 내 귀에는 들어왔다. 언뜻 보니 그림자가 바닥에 일렁였다. 나는 준수에게 우리 자매에 대한 준수의 감정을 물었다. 준수는 웃으며 둘 다 좋은 친구라고 했다. 그러고는 나에게 여전히 좋아한다고 말했다. 준수는 눈앞에 있는 내가 해연인 줄 알았으니 그런 고백은 문제가 되지 않았다. 하지만 커튼 뒤에 서서 엿듣고 있을 해연은? 충분히 오해할 만한 장면이었다. 거실 커튼이 조금 흔들렸고 그림자는 사라졌다.

"사실, 해든이에게 몽유병이 있어."

준수가 말했다.

"몽유병이라니 그게 무슨 말이야?"

나는 짐짓 당황한 표정을 지었다.

"일주일에 두세 번 해든이가 계단을 타고 내려와. 한밤중에."

"잠든 채로 말이야?"

"맞아. 마치 최면에 걸린 사람처럼. 나는 갑자기 그 애를 깨우진 못해. 몽유병 상태의 사람을 깨우면 혼란을 일으키거나 공격적인 반응을 보이거든."

"내려와서 뭘 하는데?"

"그건, 때가 되면 알려줄게. 지금 말할 수는 없어."

"해든이인 게 분명해? 나였을 수도 있잖아."

"그건 말이 안 돼. 나도 너희들이 가끔 헷갈릴 때가 있지만, 확실히 구분할 수 있어."

"어떻게?"

"해든이는 나와 눈을 맞추지 못하잖아."

준수는 밤마다 해연에게 속았다. 그렇더라도 의문이었다. 해연은 왜 내가 된 것처럼 행동했을까? 잠결에 빙의라도 된 것일까? 그리고 준수가 귓속말로 한 말은 무엇이었을까?

나는 이제 확신했다. 그는 잘 속아 넘어가는 사람이었고, 최면에 걸리기 쉬운 성향이었다. 피아노를 연주하는 동안 스스로 최면에 빠지기도 했잖은가. 나는 입술을 오므려 휘파람을 불었다. 그가 내게 최면을 걸었을 때 들려주던 멜로디였다. 축축한 공기에 스며든 멜로디는 묵직하게 정원을 울렸다. 그는 재미있다는 표정을 지었다. 나는 손가락으로 탁자를 두드리며 시계추처럼 일정한 리듬을 탔다.

"지금 편안하니?"

나는 속삭이며 준수를 바라보았다. 준수는 고개를 끄덕였다. 나는 부드러운 목소리로 말을 이었다.

"더 편안해질 거야. 점점 더."

"뭐 하는 거야?"

"네게 최면을 걸고 있잖아."

준수의 눈에 놀람이 서렸다.

"네가 최면을 건다고?"

"응."

나는 라이터를 꺼내 그에게 보여주었다. 그는 고개를 저었다.

"소용없을 거야. 혼자서 해봤지만, 내겐 통하지 않는 암시였어."

나는 그의 머리에 손을 얹었다. 다른 손으로는 그의 눈앞에 라이터를 가져갔다. 찰칵, 하는 소리와 함께 라이터에서 솟는 불이 손끝에서 흔들렸다. 그는 눈을 파르르 떠는 듯했다. 그러다가 그의 동공이 내 시야에서 사라졌다. '어떻게 된 거지?' 그가 물었다. 나는 대답했다. '편안해질 뿐이야.' 그가 다시 물었다. '잠깐, 넌?' 나는 '누구든 상관없지.', 하고 말했다. 그는 이럴 수는 없다고 했다. 하지만 그의 의식은 가라앉고 있었다. 나는 계속해서 휘파람을 불었다. 그러고는 권위적인 투로 명령했다. 깊이 빠져들어!

사실을 밝히자면 이렇다.

내게 미묘한 능력이 스며들었다. 실명하면서부터였다. 갑자기 생겨난 건 아니었다. 깊은 마음속에 묻혀 있던 씨앗이 단비를 맞은 듯 꿈틀거렸고 싹을 틔운 것이다. 누군가와 대화를 나누면, 상대가 무슨 말을 할지 머릿속에 떠올랐고, 그것에 연결된 심리를 읽을 수 있었다. 소설을 쓰는 것과 같은 경험이었다. 나는 전지적 위치에서 그 누구의 심리도 꿰뚫어 보았다.

내게 미궁처럼 놓여 있는 길이 하나 있었다. 바로 무의식으로 향하는 길이었다. 현실이라는 등불로 비추고 걸음을 이어보았지만, 호락호락하지 않았다. 그 매혹적인 공간은 매번 가시를 뻗었기에, 끝내 이르지 못한 채 피투성이로 돌아서야 했다. 그래도 매일 밤 그 길은 꿈에서 열렸고 나는 발을 내디뎌야 했다. 원하는 건 하나였다. 그 세계를 글로 표현하는 것. 그것은 내가 신과 같은 지위에 서기 위한 마지막 과제였다.

준수가 내게 최면을 걸었을 때, 그것이 루시드 드림과 같다는 걸 바로 깨우쳤다. 그래도 의문이 들었다. 그 세계는 닫힌 구조였다. 최면을 거는 사람이 인도하는 범위에서만 자유로울 수 있었다. 하지만 좋은 신호였다. 그 세계에는 무궁무진한 이야기 감이 널려 있었다.

방법이 없을까? 누구에게도 보여주지 않으면서 그 세계로 접근할 방법이?

나는 스스로 최면을 거는, 이른바 자기최면을 연구했다. 준수가 내게 시도한 상황을 참조했다. 그의 목소리 톤, 호흡 패턴, 심지어 그가 섬세하게 고른 단어들까지 떠올리며 나만의 최면 지시문을 녹음했다. 그리고 마침내 성공했다.

이것이 준수에게도 통할지는 의문이었다. 그냥 시도해보는 수밖에 없었다. 나는 제대로 보이지 않는 눈으로 그를 관찰하며 요점을 짚어냈다. 작업은 순조로웠고 점점 자신이 넘쳤다.

조금 전, 그는 재스민 향기에 빠져들었고, 불꽃 앞에서 흔들렸으며, 작은 명령에 무너졌다. 그에게 침착하게 물었다.

그래. 무엇이 보이니?

피아노.

연주해 봐.

그건….

무엇 때문에 망설이지?

피아노가 네 얼굴처럼 보여. 환하게 웃으며 하얀 이를 드러낸 입 같아.

그걸 만져봐. 네 손끝으로, 가지런하고 촉촉하게 젖은 이를.

내 손을 네 입속에 넣어야 하는데?

상관없어.

아, 느낄 수 있어. 네 이는 매끄럽고 정교해.

최면에 빠진 그는 내 물음에 무엇이든 술술 털어놨다. 더 추궁하자, 내가 꿈에서 보았던 장면을 그대로 묘사했다. 역시 그것이었다. 그는 최면 속에서 해연을 안고 구석구석 매만졌다. 피아노 연주를 하듯 손가락이 물결쳤다. 민감한 곳에 손이 닿을 때마다 해연이 터뜨리는 신음을 들었다. 하지만 그녀의 표정을 볼 용기가 없었다. 슬몃슬몃

곁눈으로 그가 바라본 얼굴 주인은 바로 나, 해든이었다. 얼굴은 해든, 몸은 해연인 존재와 팔다리가 엉켰다. 그가 속삭였다. 널 안고 싶어. 나는 물었다. 해든이야? 아니면 해연이야? 그가 대답했다. 둘 다.

다음 날, 해연은 몸이 아프다며 방에서 나오지 않았다. 준수가 대신 내 아침거리를 챙겨왔고, 나는 그에게 내 노트북을 보라고 했다. 내가 띄워놓은 파일을 그가 읽는 동안, 나는 사과를 씹었다. 준수는 거의 숨도 쉬지 않고 노트북에 시선을 묻었다.

"어젯밤, 그게 너였어?"

그가 물었고 나는 빙그레 웃었다.

"이 내용이 정말 사실이니? 내가 최면에 걸렸다고? 그것도 너에게? 넌 앞을 못 보잖아. 설마…."

나는 대답 대신 흐릿하게 보이는 그의 동공에 시선을 걸쳤다.

"어, 어쩔 셈이야? 네 글은 말도 안 돼. 그건 꿈과 같은 거야. 꿈에서 무슨 짓을 하든 죄가 되지는 않아."

"상관없어."

"그러면 정말로…."

나는 고개를 끄덕이며, 소설의 글감으로 쓸 거라고 했

다. 그는 털썩 주저앉아 손에 머리를 파묻었다. 그는 어떤 요구라도 들어줄 테니, 그것만큼은 하지 말아 달라고 했다. 나는 그의 제안을 받아들였다. 그렇게 해서 이틀 뒤 그는 집을 나갔고, 해연에게는 미국에 급히 간 걸로 하기로 했다.

해연이 갑자기 임신 증상을 보였을 때, 나는 준수에게 보여준 글의 내용이 예언처럼 맞아떨어진다고 생각했다. 이제 확신했다. 나는 사람들의 마음뿐 아니라 그들의 행동도 결정하는 존재였다. 모든 사건은 타이핑하는 내 손끝에서 결정되었다.

해연과 나는 쌍둥이라는 끈을 잘라냈다. 오해로 인해 그녀가 거의 미쳐갔고, 나는 비극으로 끝날 우리 관계도 염두에 두었다. 결국 그녀는 러시아로 떠났고 우리는 비로소 독립을 이루었다.

그러나 그 뒤로 글이 써지지 않았다. 어떤 글을 써봐도 흥미를 느끼기 어려웠고, 짚 더미에 파묻힌 것 같은 느낌만 남았다. 내 시력이 회복되어 갈수록 눈에 담을 것이 늘어났지만, 삶은 더 건조했다. 그토록 생생했던 내면의 이미지는 흐려지고, 무의식에서 솟던 영감이 메말라 갔다. 그렇게 2년이 흘렀다. 시력은 정상으로 돌아왔지만, 나는 황폐한 모습으로 성년을 맞았다.

다시 열린 눈을 통해 들어찬 이미지들은 내면의 세계를 밀어냈다. 내 머릿속 아이디어는 고갈되고 말았다. 꿈을 꾸면, 이제 내가 보이지 않았다. 해든도, 준수도, 그 어떤 얼굴도 타인이었고, 이해할 수 없는 행동을 했다. 모두 그림자 같은, 표정 없는 어두운 낯으로 끝없이 멀어져 갔다. 그 걸음은 기계적이었다. 보고(寶庫)와 같던 내 세계에 검은 모래가 깔렸고, 그 위로는 바람 한 점 불지 않았다.

나는 식사를 자주 걸렀다. 몸이 마르고 얼굴은 수척했다. 아빠는 더는 지켜보지 못하겠다며, 도움을 받는 게 어떻겠냐고 물었다. 나는 알 수 있었다. 해연이 치료를 받았던 과정을 나도 반복할지 모르는 일이었다. 나는 약물 치료를 원치 않았기에 최면 치료사를 찾아보았다. 그러다가 전생에 관련된 분야에서 입소문을 탄 사람을 알게 되었다.

그렇게 해서 나는 김정우를 만났다. 그는 창작 능력과 시각의 상관성에 흥미를 보였다. 무척 섬세했고 이해심이 컸다. 효과가 있었다. 내 검은 사막에 번개가 번쩍였고, 단비가 쏟아졌다. 모래는 갈색으로 변해 단단해졌고, 푸릇한 새싹이 돋았다. 곤충이 몰려들고 도마뱀이 기어다니기도 했다. 나는 다시 그 세계를 움직였고 오아시스와 같은 공간을 그려낼 수 있었다. 그리고 충격적인 아이디어와 스토리가 마음속에서 자라났다. 마법 같은 일이었다.

반년 만에 그 스토리로 작품을 완성했다. 글이 그렇게 술술 나온 적은 처음이었다. 내 작품을 해연에게 보냈다. 그녀는 어쨌든 나의 충실한 독자였다. 그리고 한 출판사의 공모전에 응모했다. 그러나 결과는 의외였다. 본선에도 오르지 못하고 탈락했다. 심사 위원장이 김한나 작가인 걸 알게 되었고 궁금증이 쌓였다. 나는 그 작가를 잘 알고 있었다. 그녀의 데뷔 소설 〈회색 광선〉을 읽으며 충격을 받기도 했다. 전체적인 문체도, 추구하는 정서도 내 성향과 비슷했다.

끔찍한 일이 벌어진 건 한 달 후였다. 그녀는 신간을 발표했는데, 그것은 내가 응모한 글과 배경만 다를 뿐, 핵심 스토리는 같았다. 그제야 나는 공모전 심사에서 내 작품이 밀려난 이유를 짐작할 수 있었다.

모든 시나리오는 내가 짰다. 한나와 그 가족을 모두 파탄에 이르게 할 계획이었다. 그 무렵 해연이 돌아왔고, 나는 내 계획을 알렸다. 해연은 분개하면서 내 계획에 동의했다.

해연이 한나의 차에 뛰어들었을 때, 그녀의 역할이 시작되었다. 그들은 짧게나마 말을 나누기도 했다. 그리고 그 후에 한나의 집을 찾아간 사람도 해연이었다. 그녀는 지예의 가정교사 역을 잘 소화했다. 나는 바이올린을 접은 지 오래였고, 한나가 가까이 지켜보는 사람이 나여서는 곤란했다.

한나의 남편 두호는 줄곧 내가 맡았다. 나는 개방적이고 도발적인 캐릭터를 염두에 두었다. 새로 써낼 작품 주인공의 성격을 따왔다. 나는 온전히 그 인물이 되어 어떤 일이 벌어지더라도 감수할 생각이었다.

물론 위험도 따랐다. 그는 힘이 넘치는 중년 남자였고 나도 성인이었다. 내 시나리오대로라면 부적절한 관계도 맺어야 했다. 그러나 나는 내가 연기해야 할 캐릭터를 바꾸긴 싫었다. 내 작품을 완성하기 위해서라면 그 어떤 경험도 할 수 있었고, 실제로 필요했다.

그는 예술에 대한 열등감에 절어 있었다. 한나는 그를 실패한 화가로 대했고, 그는 자기 작품에 한계를 느끼며 방황했다. 우리가 나신으로 그림을 그리는 아이디어는 그에게 새로운 영감을 주기 위함이었다. 물론 내게도 그것이 절실했다. 생생한 체험을 위해서라면 무엇이든 마다하지 않을 생각이었다.

내 내면에 '악의 꽃'이 피었다. 김한나. 그 여자는 나를 송두리째 삼킨 것으로도 모자라 내 영혼마저 털었다. 해연이 앗은 내 두 눈, 준수가 훔친 내 무의식과는 비교조차 하기 어려운 사건이었다. 내겐, 이 부조리를 뒤엎을 묘수가 필요했다.

이야기를 풀어가 보자. 그림자를 보는 모자(母子)에 관한 글을 완성했을 때였다. 나는 단 한 점의 흠결도 용납하지 않으며 수정에 수정을 거듭했다. 스스로 얽히는 인과가 하늘이 빚은 창조물처럼 경외에 찼으며, 모호한 추상이 완벽한 구상으로 변해 빛을 발했다. 통곡하며 피투성이로 몸부림치던 세계는 그 순간에 한 줌 어둠 덩어리로 응축했다. 그 어떤 빛도 스며들 수 없는 불멸의 어둠이 완성된 것이다.

예상하지 못했다. 그보다 더 밀도 높은 어둠이 있을 줄은….

내가 낳은 어둠의 결정은 어둠의 칼에 베이고 말았다. 한나가 휘두르는 검은 칼이었다.

어젯밤, 나는 김한나에게 그녀를 처음 보았다고 밝혔다. 그건 사실이었다. 오랫동안, 해연은 한나 앞에서 나를 대신했다. 그랬으니, 그들이 받은 충격은 적잖으리라.

생각해 보라. 그들이 나란히 서 있는 우리 자매를 보았을 때, 제일 먼저 떠올린 건 무엇이었을까? 만일 배신감이었다면 나는 성공한 것이다.

충격에 젖은 한나의 눈은 이내 빛을 죽였다. 그러고는 눈웃음을 지었는데, 재미있다는 표정이었다. 그녀는 작은 소리로 웃기도 했다.

"그래. 이 당돌한 아가씨야, 〈다크 아이즈〉가 당신 작품이라고 주장하는 이유를 들어볼까?"

나는 조금 당황했다. 그녀가 이렇게 나올 줄은 예상 못 했다. 그렇더라도 키는 내가 쥐고 있었다. 내가 쓴 시나리오로 해연은 완벽히 연기했고 그들은 속아 넘어갔으니까.

"작가님, 그것에 대해선 제가 증인이에요."

해연이 끼어들었다.

"그래. 흥미롭군. 그럼 어떤 증거가 있는지 들어볼까? 너희들이 되먹지도 않은 망상에 빠진 이유를 대봐."

해연은 차분히 말했다. 러시아에서 돌아오게 된 계기가 바로 내 작품이 표절당했다는 사실 때문이었고, 그로 인해 내가 얼마나 참혹한 삶에 빠졌는지를 세세히 늘어놓았다. 두호는 어안이 벙벙한 표정을 지으며 쓴 탄식을 내뱉었다. 해연의 증언으로 내가 이 싸움의 주도권을 쥔 듯했다. 하지만 한나는 수세에 몰리는 기색 없이 되물었다.

"그림자를 본다는 아이디어는 어디서 얻었지?"

나는 움찔했지만, 말문이 막힌 건 아니었다.

"내 세계. 그러니까 내 내면의 왕국이 제시했죠."

한나는 코웃음을 쳤다.

"그 아이디어에는 내 삶과 내 딸 지예의 삶이 통째로 녹아 있어. 알겠어? 네가 얼마나 사악한 일을 꾸몄을지 몰라도 넌 도둑질했을 뿐이야."

그녀는 그렇게 말하면서 정우를 바라봤다. 정우는 고개를 천천히 들고 말했다.

"이 문제는 여기서 다룰 문제가 아닌 것 같습니다."

한나는 다시 남편을 보다가 두 남자를 번갈아 보며 물었다.

"두 분만이 그 사실을 알고 있죠. 그림자를 보는 모자의 이야기. 당신은 직접 경험했으니까, 그리고 박사님은 상담하는 과정에서. 어때요? 두 분 중 누가 그 이야기를 흘렸을까?"

그녀의 남편은 고개를 설레설레 저었다. 한나의 시선이 정우에게 옮겨갔고, 정우는 다시 고개를 떨구었다. 그때 두호가 책상을 탁, 쳤다.

"도대체 이게 무슨 일인지 모르겠군. 당신들, 나는 대체 누구와 만났던 거지? 우리 집에서 보았던 사람은 누구란…. 설마…."

그는 해연을 바라보며 눈을 동그랗게 떴다. 해연은 그의 시선을 피해 위축된 모습으로 고개를 숙였다.

맙소사, 하고 두호가 이마를 쳤다.

"도대체 당신들 무슨 짓을 한 거야?"

"자, 자, 다들 조용히 해요."

한나가 일어서며 한 명씩 둘러보았다. 테이블 주위를 돌며 생각을 정리하는 듯했다.

"이봐요. 아가씨. 나하고는 초면이라는 거지?"

나는 이 자리에 초대받기 전에는 만난 적이 없다고 했다. 그녀가 얼굴을 일그러뜨리며 해연에게 물었다.

"말해봐. 왜 그런 연극을 했지?"

한나는 우리에게 다가서며 차례로 눈을 뚫어지게 노려보았다. 그녀의 눈빛이 흔들렸다. 갑자기 소리 내어 웃더니 테이블 위를 쓸었다. 그 바람에 와인병이 떨어지며 깨졌다. 병에서 흘러나온 붉은 액체가 바닥을 적셨다. 그녀는 내게 달려들어 멱살을 쥐었다. 옷이 우두둑 뜯어지는 소리가 났고, 내 목은 그녀의 손톱에 긁혀 따가웠다. 두호가 다가와 그녀를 말렸다. 그녀는 내 몸에서 떨어지며 유리 조각을 밟았다. 검붉은 피가 흘러나와 바닥을 덮은 와인에 섞였다.

 내가 왜 그녀의 초대에 응했을까. 그녀가 순순히 인정하리라 생각했을까. 그것을 바랐던 건 아니다. 그녀도 나도 눈먼 세계를 경험했고, 다시 보게 된 세상에서 그녀의 눈과 마주하고 싶었다. 그 눈을 보며 누구의 눈이 더 검은 세상을 보는지 겨뤄 보려 했다.

 정우는 한나의 발을 살피고 알코올로 닦은 뒤 붕대를 감았다. 그러면서 나를 바라보며 말 한마디를 던졌다. 명령처럼 단호했다. 그의 말을 들은 뒤로 나는 머릿속이 흐려졌다. 몸이 묵직하게 내려앉았다. 술기운 탓이려니 여겼다. 하지만 눈앞이 캄캄해지며 사람들의 형상이 일그러졌다. 눈이 자꾸 감겼고, 몸이 휘청거렸다.

 의식은 또렷했다. 팔다리가 무거워 몸을 움직이지 못할 뿐이었다. 정우는 나를 들어 안고 거실 소파에 눕혔다. 그는 휴대전화를 꺼내 내 귀 옆에 대었다. 멜로디가 흘렀다. 러시아 민요 '다크 아이즈'였다. 그는 호주머니에서 무언가를 꺼내 탁자에 탁, 하고 놓았다. 그러고는 괴로워하는 표정을 지으며 말했다.

 "여기에, 모든 비밀이 담겨 있습니다."

7
절름발이 마스터

✶

 집으로 돌아가다가 센터로 방향을 틀었다. 새벽 세 시가 넘은 시각이었다. 센터의 문을 열고 들어가 책상 아래로 손을 저었다. 다행히 아직 남아 있었다. 바보 같은 친구 두호가 즐겨 마시는 탈리스만이었다. 그 싸구려 위스키가 요즘 입에 잘 맞았다. 어차피 나도 싸구려 신세로 전락했으니, 불만은 없다.

 의사 호칭을 잃은 지 5년이 넘었다. 내담자들은 나를 박사님 또는 선생님이라고 불렀다. 어느 쪽이든 상관없었다. 이 작업을 지속할 수 있다면 그것으로 만족했다.

 아쉬운 점이 있다면 이 센터의 위치였다. 서울 북쪽 끝자락인 도봉역에서 가까웠고 서울북부지방법원을 지나 중랑천을 낀 마들로에 걸친 곳이었다. 1층은 식당이었는데, 거의 분기별로 간판을 갈았다. 건물 주인의 친척이 운영하는 듯했다. 그렇지 않고서는 장사도 시원찮은 그 가게가 아직 살아남았을 리는 없었다.

2층은 술집이었다. 밖에서는 안이 보이지 않았다. 검은 거울 같은 유리창이 그것을 허락하지 않았다. 밤이 되면 그 유리창에 인쇄된 그림이 네온사인 불빛을 받으며 화려한 자태를 드러냈다. 베티와 리타. 다소 예스러운 이름이었지만 두 여인의 관능적 포즈는 이 동네를 삼킬 듯 도발적이었다. 그림뿐일 그들이 이곳의 밤을 지배하고 있을지도 모른다.

그림에 끌려 들어온 취객들은 막상 실내를 둘러보며 실망하기 십상이다. 까만 머리와 노랗게 염색한 머리를 가진 두 여자가 서빙을 했는데, 둘 다 속옷만 입고 있었다. 하지만 그들은 성적 감각을 자극하기에는 늙었고, 화장은 과장되어 가면을 쓴 것처럼 보였다.

나는 그 위 3층에 이 센터를 내었다. 6년째 운영하고 있지만, 곧 문을 닫으려 한다. 단 한 명의 환자만 남았고 그는 내 마지막 환자일 것이다.

그전에 일했던 삼성동 병원을 접고 이곳으로 옮겨 왔을 때, 나는 몹시 지친 상태였다. 아니 지쳤다기보단 한계를 절감했다.

삼성동에서 나는 꽤 잘나가는 정신과 의사였다. 최면 치료를 도입해서 권위를 얻었다. 그곳 환자들은 대부분 부유했기에 큰돈이 들더라도 최면요법을 선호했다. 물론 치료 목적이 아닌, 호기심으로 찾아오는 사람도 많았다.

나는 유능한 의사였다. 아침 방송에도 출연할 만큼 인기가 높았다. 내가 쓴 에세이도 줄곧 베스트셀러가 되었다. 몇 년 지나지 않아 큰돈을 손에 넣었고, 그때부터 더 다양한 프로그램에 관심을 가졌다. 무엇보다 환자들이 즐겁게 지내며 집단 치료를 받을 공간이 필요했다. 지하층에 세를 들어 스튜디오 형식으로 꾸미고 그곳에서 매주 두 번 사이코드라마를 열었다. 관객은 내 환자들이었고, 내가 지목하면 자유롭게 무대에 올라 연기를 했다. 그들은 화를 내기도 하고, 눈물을 흘리기도 했으며, 지나치게 고양되기도 했다. 하나같이 좋은 배우였다.

사람들이 더 몰려들었다. 나는 사이코드라마를 원활히 운영하기 위해 연극배우 두 명과 피아니스트 한 명을 고용했다. 덕분에 더 몰입하기 좋은 드라마를 연출할 수 있었다. 부유한 부인들은 후원을 아끼지 않았다.

물론 평일에는 여느 정신과 의사처럼 상담하고 약을 처방해 주었다. 나는 약을 과감하게 썼고 환자들은 만족했다.

나를 나락에 빠뜨린 건 나도 모르게 축적해 온 오만이었다. 사이코드라마를 연출할 때면 나는 신과 같은 위치에 있었다. 환자들이 무대에 오르는 순간, 그들의 본성을 남김없이 파헤쳐 관객 앞에서 자백하게 했다. 그들을 웃거나 울게 하는 건 일도 아니었다. 실제로 그들은 개나 고양이가 되기라도 한 듯 기어다니기도 했고, 고개를 쳐들어 울부짖으며 격정에 휩싸이기도 했다.

몇몇 환자는 전문 배우라고 해도 믿길 만큼 연기가 뛰어났다. 내가 눈여겨본 사람은 대학생이었는데, 막 고등학생이 된 것처럼 보이는 앳된 청년이었다. 나는 그를 조현병 환자로 진단했다.

도수 높은 안경을 걸친 그의 얼굴은 지나치게 굳어 있었다. 그러면서도 눈빛은 이글거렸다. 그것은 그가 가진 단 하나의 표정이었다. 그와 대화를 나눌 때면, 마치 독재자의 나라에서 나치식 교육을 받은 아이를 마주하는 것 같았다. 그는 유창한 지식을 읊었고 치밀한 논리를 이어갔다. 그러다가 이따금 궤변을 늘어놓았는데, 그게 결정적인 문제였다. 불필요한 인간이 너무 많다며, 한 명씩 죽일 거라 했다. 직접 살해 리스트를 작성했는데, 첫 번째 대상은 그의 어머니였다. 나머지도 거의 여자였다. 남자도 드문드문 끼어 있었는데 그들은 이미 죽은 사람들이었다. 코페르니쿠스나 다빈치, 아인슈타인 등이 리스트에 올랐다.

그는 사이코드라마에 빠짐없이 참석했다. 연기는 기가 막혔다. 체 게바라 같은 혁명가가 되었다가 어떤 날에는 히틀러로 분했고, 거지나 시인, 목사까지 가리지 않고 변신했다. 그러나 누구를 연기하든 그만의 표정은 변하지 않았다. 그가 사이코드라마 모임에서 쓰는 닉네임은 할로윈이었다.

끔찍한 사건이 일어난 그날은 밤인데도 유난히 무더웠다. 그래도 관객은 가득 찼다. 우리 모임은 입소문을 타며 인기가 절정에 이르렀고, 그날 모임에는 초청된 기자도 있었다.

스포트라이트가 내 얼굴을 비췄다. 나는 관객을 향해 인사말을 건네고 오늘 펼칠 극에 관해 설명했다. 무대에 조명이 켜지자, 내가 고용한 두 배우가 나타났다. 그들이 분위기를 띄웠고 나는 관객을 한 명씩 무대에 올리며 역할을 지시했다. 그날따라 극이 늘어지고 긴장이 쌓이지 않았다. 그럴 때면, 분위기를 전환하는 탁월한 배우가 필요했다. 나는 할로윈을 무대 위로 불러들였다. 그는 무대에 오르자마자 웅변하듯 말을 쏟아냈다.

"피 한 방울 흘리지 않고 조화롭게 산다고요? 그건 언어도단입니다. 끊임없이 주먹과 칼을 휘두르며 한 발짝씩 내딛는 게 인간의 본성이죠. 본성. 인간이 본디부터 가진 성질이라는 뜻입니다. 그러면 본디는 대체 언제를 가리킬까요? 카인의 질투심이 불러온 분노부터일까요? 아니면 카니발리즘이 난무하는 원시 사회에서 시작된 걸까요? 아닙니다. 그것의 시작은 어머니 자궁입니다. 이제 알겠습니까? 우리는 그 어떤 전쟁광도 이루지 못할, 수백만의 생명을 죽이는 대가로 태어났습니다. 아우슈비츠에서 벌어진 참극과는 비교조차 불가능한 학살이 이루어지는 곳. 그것이 바로 여성의 자궁입니다. 오늘 밤, 저는 위대한 실천을 시작하려 합니다. 내 어머니를 살해하겠습니다."

관객들이 웅성웅성했다. 나는 이제야 몰입할 분위기가 형성되었다고 여기며 과감하게 물었다.

"당신 어머니는 어디에 있죠?"

"바로 저기에 있습니다."

할로윈이 가리킨 사람은 피아니스트였다.

좋은 징조였다. 피아니스트는 사실 내 환자이기도 했다. 할로윈이 그녀를 지목한 건 처음이었다. 나는 그녀를 무대 위에 서라고 지시했다. 배경음이 사라지고 그녀가 그와 마주하자, 객석은 긴장에 젖었다.

할로윈은 또다시 긴 연설을 늘어놓았다. 피아니스트에게 왜 그녀가 처형되어야 하는지를 읊었다. 피아니스트는 무릎을 꿇고 기꺼이 처분에 응하겠다고 말했다. 그때, 할로윈이 주머니에서 무언가를 꺼냈다. 찰칵, 하는 소리가 났고, 그가 손에 쥔 물건이 은빛으로 반짝였다. 그는 피아니스트를 일으켜 세워 그녀의 복부에 주머니칼을 꽂았다. 일순간 정적에 쌓인 관객석에서 누군가 손뼉치기 시작했다. 다른 관객도 그 상황을 연기라고 생각한 모양이었다. 내 배우 두 명이 곧바로 달려갔다. 한 명은 할로윈을 제압했고 다른 한 명은 피아니스트의 상태를 살폈다. 피가 흘러나오는 모습을 본 관객들은 아우성을 지르기 시작했다.

피아니스트는 중상을 입었고, 미디어는 나를 벌거벗겼다. 그것으로 모자라 난도질하기도 했다. 사이코드라마는 문을 닫아야 했다. 방송도 더는 이어가기 어려웠다. 섭외도 끊겼다. 인기가 높았던 내 책은 서점 매대에서 빠져나가기 시작했다. 찾아오는 환자도 서서히 줄었다. 결국 병원을 닫아야 했다.

한산한 곳에 최면 치료 센터를 연 것은 그로부터 2년 후였다. 그동안 나는 최면에 관한 새로운 이론을 접했고 나만의 기법을 터득했다. 무속인이나 종교인과 만나며 가십에 휘말리기도 했지만, 내가 추구하는 것은 단 하나, 어떤 기법이든 환자의 증상에 도움이 된다면 시도하겠다는 자세였다.

센터를 찾는 사람은 대체로 약물 치료에 한계를 느낀 이들이었다. 그들은 정신의학계로 따지면 가장 절박한, 이른바 말기 암 환자 같은 처지에 놓여 있었다. 나는 다양한 기법을 활용해서 그들을 도왔다. 무한한 밝은 빛을 떠올리는 이미지 기법만으로도 증상이 호전된 경우가 많았다. 그 다음은 빙의 퇴치 치료였다. 그것에 관해서는 논란이 많지만, 나는 수용했다. 그 분야에는 사실 스님이나 무속인이 더 뛰어난 경우가 많았다.

내가 주목한 건 전생 퇴행 요법이었다. 여기서부터는 영혼의 실체에 대해 입장을 가져야 했다. 나는 중립을 지켰다. 그들의 전생 여행이 환상에 불과할 뿐이라도 상관없었다. 신비주의라는 비난을 받더라도 실용적이면 받아들였다. 개개인의 초월적 에너지라 부를 수 있는 정신의 핵을 나는 마스터라고 지칭했다. 그 마스터들과의 대화는 내게 새로운 사고를 일깨웠다.

센터는 그간 시도하지 않았던 다양한 방법을 실험했다. 많은 환자가 망상과 불안, 공포와 강박에서 해방되었다. 트라우마를 객관적이고 중립적인 시선으로 바라보게 하는 작업이 최면 치료의 핵심이었다. 그것은 종종 전생에서 겪은 아픔으로 이어졌고, 환자는 한층 성숙한 모습으로 현실에서 다시 태어났다. 이제 영혼을 믿든 안 믿든 중요하지 않았다. 때로는 빙의 퇴치가 더 효과적인 사람도 있었다. 나는 거리낌 없이 시도했고 환자에 따라 그런 치료가 잘 들었다. 입소문이 돌았고 어느 순간부터 예약이 늘기도 했다.

그 무렵 한나가 찾아왔다. 두호와의 결혼식에서 인사를 나눈 뒤로는 만난 적이 없었지만, 그렇다고 아예 모르는 사이도 아니기에 서먹서먹했다. 그녀는 미스터리 작가로 유명했으니, 소재거리라도 얻기 위해 온 건 아닐까 하고 나는 생각했다. 그러나 대화를 충분히 나누고 나자, 그녀의 눈에 차가운 기운이 서렸다. 그녀는 모스크바에서 경험한 이야기를 꺼냈다. 자기 눈이 그림자를 본다는 사실을 알렸다.

그것뿐만이 아니었다. 새로 구상하는 소설이 있는데, 단단한 벽이 머릿속에 쳐진 것처럼 꽉 막혔다고 했다. 그녀는 전생 요법에 관심이 있었다. 나는 우선 안과와 일반 정신과에서 상담받아 보는 게 어떻겠냐고 물었다. 그녀는 그건 쓸모없는 일이라며 거부했다.

두호의 아내와 작업을 하려니 부담스러웠다. 하지만 그녀의 눈은 절박으로 가득했고, 그런 사람을 돌려보내는 건 내 철학에 맞지 않았다. 나는 시도해 보기로 했다.

작업은 순조로웠다. 그녀는 최면 감수성이 높아 쉽게 최면에 걸렸다. 나는 그녀에게 아름다운 목조 다리를 떠올리게 했다. 전생으로 향하는 다리였다. 다리를 건너자, 그녀 앞에 바닷가가 펼쳐졌다. 그녀는 막힘없이 술술 이야기를 꺼냈다.

그녀의 전생 묘사는 그로테스크한 면이 있었다. 수많은 최면 치료를 겪었지만, 그런 경우는 처음이었다. 그러나 그녀의 눈이 본다는 그림자에 관한 실마리는 찾지 못했다. 최면에서 깨어났을 때, 그녀는 촉촉해진 눈을 깜빡이며 빛에 적응해 갔다.

보름 후, 나는 상상도 하지 못할 우연을 맞게 된다. 최면 치료사로서 경험할 수 있는 최고의 흥밋거리였을지도 모른다. 이해든이라는 젊은 여자가 상담을 요청했고, 나는 기이한 상황에 빠지고 말았다.

해든은 시각장애를 겪었던 사람이었다. 시력이 회복되어 다시 세상을 보게 되었지만, 그럴수록 혼란스럽다고 했다. 몸은 메말랐고 얼굴은 어둠에 젖어 있었다. 그녀의 눈은 바라보는 것만으로도 내 마음을 위축시켰다. 매혹적인 눈이었다. 나는 똑 부러진 진단을 내리기 어려웠다. 그녀는 최면을 통해 전생을 알고 싶다고 했다. 이 경우라면 분명하다. 단순히 호기심을 달래려는 것이다.

나는 그녀가 누군가와 닮았다고 생각했다. 그런 생각이 들었으니 신중했어야 한다. 그 누군가가 바로 한나라는 걸 확신했을 때, 나는 멈추어야 했을 것이다. 내가 감당하기에는 버거운 일이었다. 하지만 나는 일단 해든의 요구를 수락했다.

전생으로 향하는 다리를 건너자, 해든은 내게 익숙한 장소를 이야기했다. 광활한 바닷가, 먹물로 칠한 듯한 하늘, 까마득한 절벽, 그리고 포도밭까지….

가슴이 뛰기 시작했다. 이건 한나의 세계와 같았다. 더욱 놀라운 점은 묘사하는 방식조차 한나와 유사했던 것이다. 해든은 덤덤히 말을 이었다. 먼 나라 동부의 섬, 박사와 수녀의 이야기까지 나오자, 나는 얼어붙었다.

그들이 같은 전생을 공유한다? 이건 말이 되지 않는다. 그런 사례도 없었거니와, 그걸 인정한다면 영혼의 마스터 같은 고유 존재를 가정할 수 없다. 전생 요법은 갈 길을 잃는 것이다. 내가 개입해야 했다. 최면은 계속되었다.

당신은 누구입니까?

나는 조심스럽게 물었다. 그녀는 얼굴을 조금 찡그렸는데 혼란스러운 것 같았다.

내가 아니라 우리예요.

왜 '우리'인가요?

그냥 처음부터 우리였어요. 같은 것만 보고 같은 것을 느껴요.

기가 막혔다. 거기까지는 한나가 말한 것과 같았다. 두 영혼이 한 사람의 삶을 체험하고 기억한다? 그건 불가능하다. 나는 계속 이어갔다.

우리라고 했죠? 어떻게 같은 걸 보고 느끼나요?

우리는 하나니까요.

나는 그 순간, 다중인격 장애를 떠올렸다. 하지만 이어지는 그녀의 말이 그런 짐작을 지웠다.

어느 순간, 우리는 둘로 나뉘었어요.

그것이었다. 샴쌍둥이. 해든과 한나는 전생에서 붙은 몸으로 태어났고, 분리 수술을 받기까지 거의 같은 기억을 지닌 사이였다.

최면을 마치고 그녀가 방에서 나가자마자 나는 캐비닛을 열고 위스키병을 꺼냈다. 두 건의 예약이 남아 있었지만, 나는 직원에게 취소해 달라고 했다.

엄청난 케이스를 목격하고 말았다. 전생에서 샴쌍둥이였던 두 남자가 현생의 두 여자로 연이 이어지다니…. 의학으로도, 신비주의로도 설명할 수 없는 일이었다. 인터넷으로 검색해 보았다. 예상대로 그런 전생의 사례는 찾을 수 없었다. 실제 사건일 가능성도 따져봐야 했다. 역시 검색되지 않았다. 내가 대체 뭘 발견한 거지?

나는 녹음기를 켜고 한나와 해든의 녹음파일을 차례로 재생했다. 밤이 깊도록 반복해서 들었다. 생각을 정리한 후 결론을 내렸다. 끝까지 가보기로.

내게 가장 큰 트라우마는 사이코드라마에서 망친 일이었다. 나는 타인의 페르소나를 무대 위로 소환했지만, 그모든 행위를 통제할 힘이 부족했다. 하지만 최면은? 최면이라면 가능할지 모른다. 분명, 나는 최면과 영성에 대한 새로운 패러다임을 발견하게 되리라.

며칠 동안 거의 잠을 못 잤다. 생각만 해도 짜릿했다. 이렇게 들뜬 감정은 처음이었다. 최면을 통해 수많은 사람들의 전생을 파헤쳤지만, 그런 흥분이 솟지는 않았다. 내 영혼에 빛을 심어준 절대자가 손짓하고 있었다. 이 문제를 파헤치고 그녀들의 영혼을 화해시키는 것. 그것은 그들의 마스터가 내게 부여한 최종 임무였다.

다시 한나와 해든을 차례로 만나 최면 치료를 이어갔다. 나는 그 샴쌍둥이를 편의상 '빌'과 '죠'로 불렀다. 설불리 내가 아는 정보를 풀어놓아서는 안 되었다. 둘 중 누구에게든 이 사실을 밝힌다면, 내가 유지해 온 신뢰는 무너져 버릴 게 분명했다.

전생에서 그들이 몸을 분리한 이후로는 각각 독립된 시선으로 기억이 펼쳐졌다. 한나 쪽(빌)은 혼란에 빠졌다가 정신과 치료를 받기도 했다. 그래도 그 수녀와 함께 멀리 한국으로 넘어와 새로운 삶에 정착했다.

문제는 해든 쪽(죠)이었다. 걷잡을 수 없이 무너져 방황하고 폭력적으로 변했는데, 그런 성향을 보이는 원인이 질투인지 외로움이었는지 알 수 없었다.

빌과 죠, 두 남자는 다시 만난다. 하지만 충격적인 사건으로 이야기를 맺는다. 분리 수술 이후, 그들은 결핍된 삶을 살았고, 다시 하나가 될 수 없었다. 둘 다 비참한 죽음으로 결핍의 고통에서 해방된다.

찜찜한 구석은 있었다. 공교롭게도 한나와 해든 둘 다 소설을 쓰는 작가였다. 혹시 그들이 같은 이야기를 어디선가 접했고, 둘 다 무의식의 심연에 각인시켰던 건 아닐까.

결심을 굳혔다. 방법은 하나뿐이었다. 그들에게 동시에 최면을 걸어 마스터끼리의 대화를 나누게 해야 했다. 물론 그들 모르게 진행할 것이었다. 이것은 어디까지나 실험에 가까웠고, 나는 한 번도 그런 작업을 해본 적이 없었다.

최면 치료사로서는 영광이자 큰 행운이었다. 외과의사로 치면, 아무도 시도해 보지 않은 수술을 맡은 셈이었다. 마지막 사이코드라마에서 나는 예측하지 못한 환자의 행동 때문에 모든 걸 잃었다. 이번 실험에서는 완벽한 통제로 결과를 이끌어야 했다. 나는 자신이 넘쳤다. 이 사례와 실험이 최면 치료 학회에 보고될 일을 생각하니 쾌감이 정수리에 치달았다. 두고 보라지. 심리학계를 벌컥 뒤집어 놓으리라.

*

실험 하루 전, 나는 센터 최면실에 안락의자 두 개를 나란히 놓았다. 의자 사이에는 암막 커튼을 쳤다. 서로 볼 수는 없지만, 목소리는 잘 들렸다. 다음 날, 한나가 먼저 왔고, 해든은 15분 후에 왔다. 이들에게는 미리 설득했고, 동의를 구했다. 극단적인 최면을 시도할 것이고 강력한 효과를 위해 약물을 사용한다고 알렸다. 나는 최면 유도에 효과적인 디아제팜을 준비했다.

위험한 도박이었다. 최면 치료사가 막다른 절벽에 놓이는 것은 최면을 받는 환자가 잠이 드는 경우였다. 일단 잠이 들면, 그날 최면은 포기해야 했다. 나는 조금의 틈도 허용하지 않기 위해 꼼꼼히 준비했다. 그들이 무의식의 바다를 항해하는 도중 일어날 수 있는 돌발 상황을 모두 떠올리며 매뉴얼을 작성했다.

한나는 목을 숙이며 내 암시를 따랐다. 다른 방에 있던 해든도 마찬가지였다. 둘 다 약기운에 취했고, 내 지시대로 희미한 의식만 남겨놓았다. 이제부터 나는 고급 테크닉을 발휘해야 했다. 둘을 차례로 안락의자에 눕혔고, 나는 가운데에 놓인 의자에 앉았다. 내가 보는 위치에서는 둘 다 보였다. 그들에게 익숙한 암시문을 읊자, 그들은 몸을 이완했다. 고개도 팔도 다리도 축 늘어졌다. 나는 그들에게 깊이, 더 깊이 가라앉으라고 명령했다. 그들은 심해로 가라앉았고, 뱉어낸 의식은 수면 위로 둥실 떴다.

이제 심연의 언어로 그들의 전생을 소환할 차례였다. 그들은 어렵지 않게 샴쌍둥이였던 때로 돌아갔다. 나는 그들이 대화하도록 이끌었다. 그들은 서로에게 말을 걸며 바닷가를 거닐던 장면을 떠올렸다.

거의 한 시간 가까이 대화가 이어졌다. 분리 수술 이후로 각자 어떻게 살아왔는지 이야기해 주었고, 다시 재회했을 때의 감정을 덤덤히 늘어놓았다. 그들이 차례로 목숨을 끊는 장면에 이르자, 둘 다 눈물을 흘리며 울기 시작했다. 긴 울음이었다.

그들의 영혼은 화해했다. 그 비극을 객관적이고 중립적으로 보게 하자, 그들은 깊은 성찰을 이루었고 서로를 이해하며 위로했다.

그들이 충분히 카타르시스를 느꼈다고 판단한 나는 최면을 종료하려 했다. 그런데 갑자기 한나가 중얼거렸다. 몸을 부르르 떨고는 작은 소리로 노래했다. 러시아어였다. 해든은 콧소리로 멜로디를 따라 했다. 그러다 동시에 멈췄고 해든이 말했다.

당신의 검은 눈동자는 그림자를 보는군요.

한나는 입술을 꿈틀거리더니 그렇다고 대답했다. 해든이 말을 이었다.

신비로운 일이에요. 선택받은 사람만 볼 수 있죠. 두렵진 않나요?

이 상황에서 나는 그들의 대화를 멈추어야 했다. 한나의 개인적 증상을 타인에게 노출하는 건 위험했다. 그런데 그들은 마치 나를 의식하지 않는 듯 대화를 이어갔다. 나는 이 순간, 그들이 대화를 나누었다는 사실을 알지 못하게 해야 했다. 최면에서 깨어나면 그러한 사실을 기억하지 못할 거라고 암시로 명령했다.

한나는 그림자를 볼 때의 느낌을 세세하게 묘사했다. 해든은 내가 끼어들 틈을 주지 않고 한나에게 끝없이 질문했다. 한나는 자기 딸에게도 같은 증상이 있다며 이 이야기를 소설로 쓰고 있다고 말했다. 하지만 지금은 글쓰기가 꽉 막혀 절망하는 중이라고 했다.

이제 그들은 그 스토리에 푹 빠졌다. 한나가 인물에 대해 말하면 해든은 그 인물의 특성과 역할 따위를 정리했다. 한나가 들려준 시놉시스는 해든의 상상력으로 짜임새를 더했고, 긴장이 넘치는 전개로 이끌었다. 전체적인 흐름은 해든이 주도했다. 한나로서는 떠올릴 수 없었던 결말도 해든이 풀어냈다. 마치 소울메이트인 양 그들의 호흡은 완벽했다. 각자 행복한 미소를 지었고, 대화는 멈췄다.

최면에서 깨어났을 때, 나는 먼저 한나를 불러 소감을 물었다. 그녀는 꿈을 꾼 기분이라고 했다. 대화 내용은 가물거리지만, 듬성듬성 기억했다. 그것을 떠올리는 그녀의 얼굴은 화사하고 생기가 돌았다. 다행히 그녀는 대화했던 상대를 꿈속의 인물로 생각했다.

해든도 마찬가지였다. 최면에 빠진 후, 한 여자와 대화를 나누었는데, 꿈결에 그려낸 이미지라고 했다. 그 여자의 얼굴은 코도 눈도 없는, 햇빛을 반사하는 거울 같아서 누구였는지는 짐작할 수 없다고 했다.

내 암시가 먹혀들었다.

그 뒤로, 그들은 센터를 찾지 않았다. 나는 그들의 전생에 관한 사례로 논문을 썼고, 책으로 출판할 에세이 집필에 오랫동안 매달렸다. 그렇게 1년이 흘러갔으나, 내 에세이 원고는 책상 서랍에 묻히고 말았다. 한나가 출판한 소설책이 배송되었고, 그것을 읽어나가던 나는 복잡한 심경에 빠졌다.

한나의 신작 〈다크 아이즈〉는 인기가 높았다. 여러 매체에서 다루었고 호평이 이어졌다. 이 책의 전체적인 틀과

뼈대는 한나가 구상한 게 맞다. 하지만 군데군데 빛을 발하는 상상력과 사건의 디테일은 해든이 덧붙인 것이었다. 엄밀히 말하면, 한나가 연출했으나 시나리오는 해든이 썼다고 해야 할까?

*

어젯밤에 벌어진 일을 지켜보며 나는 씁쓸했다. 내가 그들 몰래 실험했던 사실을 밝혀야 했지만, 그것이 어떤 결과로 이어질지, 그리고 과연 해결책이 될지 판단하기 어려웠다.

무엇보다도 해든이 데려온 여자를 보는 순간, 그곳에 있던 사람들은 전부 충격에 휩싸였다. 나도 흔들렸다. 드디어 여정을 마무리하는가 싶었는데, 또 다른 갈림길이 나왔다. 각자 자기가 만났고 알던 사람이 해든인지 해연인지 머릿속으로 추측하느라 바빴다. 그게 어느 쪽이었든 차오르는 배신감 속에 끙끙거리기는 마찬가지였다.

나 역시 혼돈에 빠져 어찌해야 할지 몰랐다. 하지만 내가 중심을 잡아야 했다. 그렇지 않으면 눈앞에 벌어지고 있는 상황이 참극으로 흐를 것 같았다. 나는 새 와인병을 땄고 그들 모르게 준비한 가루약을 털어 넣었다. 네 명의 눈이 교차하는 가운데, 한 명 한 명의 시선을 관찰하며 때를 기다렸다. 사용한 약은 가벼운 신경안정제였고 그들의 긴장을 풀어줄 정도에 불과했다. 문제는 해든의 쌍둥이라는 해연이었다. 그녀는 술잔에 입을 대지 않았다. 그곳에 모인 사람 중에 가장 정상적인 사람처럼 보였다.

약기운이 돌 시간이 되자, 한 명씩 말이 어눌해졌고, 몸을 휘청거렸다. 해든의 반응이 가장 빨랐다. 한나가 발을 다쳤을 때, 더는 일이 커져서는 안 된다고 판단한 나는 해든에게 암시문을 말했다. 그녀가 최면 치료를 받을 때 가장 잘 먹혔던 문구였다. 해든은 바로 반응을 보이며 주저앉았다. 이어 한나와 두호가 차례로 몸을 늘어뜨렸다. 해연을 설득했다. 이제부터 보게 될 일의 증인이 되어달라고.

나는 한 명씩 의식의 주파수를 맞추었다. 한나와 해든은 곧 내 말에 귀 기울였다. 몸은 무거웠겠지만, 의식은 정상이었다. 두호는 술기운에 젖어 너무 깊은 세계로 빠져버렸다.

그들이 충분히 이완되고 안정된 것을 확인한 나는 녹음기를 꺼내 탁자에 놓았다. 녹음파일에는 한나와 해든이 최면 속에서 서로 대화를 나눈 내용이 들어 있었다.

● 에필로그

　소피아의 거리는 한산했다. 이 도시의 한낮은 밀물이 빠져나간 곳처럼 허전하다. 도시를 채우는 오래된 건물들이 무뚝뚝한 느낌을 준다. 중심가인 브루 시노프 거리에는 고풍스러운 석조 건물이 즐비하다. 그래서인지 시간에서 벗어난 듯 침묵을 유지한다. 불가리아의 수도는 밤을 기다린다.

　해는 아직 지지 않았지만, 거리는 어둠의 무게를 받아들인다. 트램이 느릿하게 지나가고, 전신주에 달린 가로등이 깜빡이며 거리에 들어찬 적막을 깨뜨린다. 그것은 어둠을 맞는 숨결에 활기를 더한다.

대리석으로 깔린 타일 위로 사람 그림자 하나 없고, 카페마다 불이 들어온다. 그 불빛조차 조용하고 침착하다.

광장 끝자락을 지나자, 도시는 전혀 다른 모습으로 바뀐다. 황금색 조명이 건물 외벽을 타고 흐른다. 돔 위에 투사된 라이트는 고대 의식을 상징하는 무늬처럼 회전하고, 사방에서 불빛이 퍼져 나가 광장을 거대한 극장처럼 바꾸어 놓는다.

이제 낡은 석조 건물들이 마법을 부린다. 스테인드글라스는 안쪽에서 빛을 받아 생기를 얻는다. 파사드는 붉고 푸르게 그리고 금빛으로 물든다. 그 순간, 웅장하기만 하던 건물이 신비롭고 따스한 기운에 젖는다.

러시아에서 돌아와 해든을 만났을 때, 나는 그녀가 원하는 것이라면 뭐든 해주겠다고 약속했다. 그녀는 내 속죄를 그 조건으로 받아들였다. 나는 한나에게 접근했고 해든인 것처럼 연기했다. 그리 어려운 일도 아니었고, 한나의 딸 지예에게 교습을 해주는 단순한 역할로 생각했다. 물론 해든의 작품이 표절당했다는 사실에 나도 분노했지만, 섬뜩한 복수에 동의하긴 어려웠다.

해든은 한 가지 거짓말을 했다. 한나의 집에 모였을 때,

그녀는 처음부터 두호를 만났다고 했다. 그것은 사실이 아니었다. 발을 그려달라고 했던 첫 번째 만남은 나의 이야기였다. 카페에서 그에게 게임을 제안한 사람도 나였다. 그 두 번의 만남을 제외하고는 해든이 나섰다. 그런데도 해든은 모두 자기 경험이라고 주장했다.

어제 나는 비로소 이해했다. 해든의 기억은 실제 사건으로만 이루어진 게 아니었다. 그녀는 이 복수극을 소설로 쓰고 있었고, 대부분의 사건을 직접 경험하고 싶어 했다. 해든의 시나리오에는 나와 그녀의 역할이 혼재되어 있었지만, 그대로 실현되지 않았다. 그녀가 써나가는 소설을 보면 사건이 왜곡된 부분이 있었는데, 작품 속 이야기와 현실이 일치하기를 원했던 것 같다. 그것이 망상으로 이어지기도 했다.

매일 밤, 우리는 서로 어떻게 진행하고 있는지를 공유했다. 그 과정에서 그녀는 자주 혼동했고, 그럴 때마다 그녀가 써나가는 작품 속의 내용을 진실로 여겼다.

결과적으로 〈다크 아이즈〉는 표절이 아닌 공동창작으로 밝혀졌다. 해든의 복수는 허무하게 끝났고, 작품으로 완성될 수도 없었다.

김한나 작가는 〈다크 아이즈〉를 절판시켰다. 해든은 여전히 혼란에 빠졌고 더는 글을 쓰지 않았다. 그녀가 쌓아 올린 언어의 집은 허물어져 버렸다. 그녀는 무너진 벽돌에 갇혔고, 밖으로 빠져나오길 두려워했다. 계절이 세 번 바뀌는 동안 그녀는 지치고 쇠약해졌다. 이따금 바이올린을 켜기도 했는데, 10분을 못 넘겨 싫증을 냈다. 무엇을 해도 즐거워하지 않았고, 좋아하는 요리에서 어떤 맛도 느끼지 못했다. 나는 알고 있었다. 다시 글을 쓰며 내면과 대화하는 길만이 그녀를 구원해 줄 터였다.

나는 해든을 일으킬 계획을 짰다. 아빠와 상의했다. 그는 내 계획에 동의했다. 해든에게는 유럽으로 여행을 갈 거라며 간단히 짐을 꾸리라고 했다. 그녀는 가고 싶지 않다고 했다. 나는 여러 흥미로운 관광지에 대해 늘어놓았지만, 그녀는 시큰둥했다. 그러다가 문득 집시 이야기가 나왔고, 그녀의 눈이 반짝였다. 내가 경험했던 집시의 세계를 덧붙여 말하자, 그녀는 내 이야기에 빨려 들었다.

그렇게 우리는 이탈리아로 떠났고 프라하와 부다페스트를 거쳐 이곳 소피아에 이르렀다. 해든은 집시 문화에 집착했고 그럴수록 활력에 젖었다.

다크 아이즈는 어둠을 보는 눈이 아니었다. 어둠 속에

서도 빛을 찾을 수 있는 마음이었다.

　소피아의 밤이 우리를 감쌌다. 그 밤을 한 조각씩 걸친 사람들이 거리를 걸었고, 수는 점점 늘었다.

　내일, 우리는 모스크바로 떠난다. 해든은 나탈리에게, 나는 집시 무리에게…. 반가운 사람이 기다리고 있다. 지예는 나와 함께 러시아 거리 곳곳에 뿌려진 그림자를 해방할 것이다.

차가운 햇살의 시간

단편소설

차가운 햇살의 시간

 이모의 발꿈치를 보며 걸었다. 그때 나는 열여섯 살 먹은 소녀였다. 이모를 따라 어딘지도 모르는 곳으로 향하던 날, 햇살은 아무런 기운도 품고 있지 않았다. 입체감이 없는 풍경을 비출 뿐이었다. 주위의 소리는 모두 분해되어 어디론가 사라진 것 같았다.

 할머니의 미소가 떠오른다. 어디인가 어색한 미소였다. 입술은 약간 떨렸고 눈가 주름에는 힘이 들어가 있었다. 나는 이모를 쳐다보았다. 이모는 할아버지와 할머니를 번갈아 보며 긴 이야기를 꺼냈다. 내 귀에는 이모의 말이 한마디도 들어오지 않았다. 할머니의 손을 잡은 할아버지는 연이어 눈을 끔뻑거렸다. 그 두 눈 사이로 기억을 퍼 올리려는 듯했다.

바닥에 마름모꼴로 자리 잡은 햇살이 신경 쓰였다. 거실 바닥은 마치 유리라도 되는 듯 햇살을 아낌없이 반사하고 있었다. 그곳을 한동안 바라본다면 동공이 흔들리며 곧 어지럼이 일 것 같았다. 나는 차라리 그게 나을지도 모른다고 생각했다. 한순간에 너무도 많은 일이 벌어졌고, 생각지도 못한 상황이 나를 둘러싸고 있었다. 혼란을 정리할 틈도 없었다.

엄마의 장례를 치르자마자 이모 손에 이끌려 온 곳은 엄마의 친정집이었다. 내게는 외갓집이었지만 처음으로 보는 할아버지와 할머니였다. 그전까지만 해도 엄마에게 친척은 이모뿐인 줄 알았다. 도대체 엄마가 왜 친정집과 연을 끊고 살아왔는지 의문이었다. 그러나 그 의문에 오랫동안 매여 있을 수는 없었다. 이모는 잘 지내라고 말한 뒤 떠났고, 나는 내 앞에 있는 노부부가 가족이라는 사실을 받아들여야 했다. 그때만큼 내게 아빠가 없다는 사실이 서운한 적은 없었다.

할아버지는 오래전에 기억을 잃으셨어.

이모가 떠나며 건넨 말이 머릿속을 떠나지 않았다. 할

아버지는 내가 태어났다는 것조차 알지 못했다. 나는 오히려 다행일지도 모른다고 생각했다. 나 역시 할아버지가 살아 있다는 사실은 조금 전에야 알았다. 그러면서도 할아버지가 왜 기억을 잃게 되었는지, 할머니는 왜 나를 모르는지, 그런 궁금증들이 오후를 어지럽혔다.

할머니는 2층 방으로 나를 데려갔다. 그곳에 들어서자, 앞으로 이 집에서 살게 되었다는 것이 실감 났다. 얼마 되지 않는 내 옷가지와 책이 한쪽에 쌓여 있었다. 방은 널찍하고 싸늘했다. 창문을 통해 흘러들어온 햇볕은 넓은 공간을 채 데우지 못했다. 나는 창문을 열었다. 여기저기 구덩이가 파인 공터가 50미터쯤 뻗어 있었고, 그 뒤로 빽빽이 숲을 이룬 나무들이 휘감아 오는 바람을 맞으며 6월의 햇살을 조각내고 있었다. 순간, 하늘이 붕 떠서 한없이 물러나는 것 같았다. 나는 햇빛에 얼굴을 노출한 채, 하늘의 움직임을 좇았다. 눈앞의 풍경이 맴을 돌기 시작하더니 속이 메스꺼웠다. 어지러웠다. 차라리 그 어지럼 속에 모든 것이 묻히기를 바랐다.

당시 나는 어지럼증으로 시간이 묻히는 일을 자주 경험해야 했다. 햇빛을 오랫동안 받고 있으면 증상이 나타났기에 학교 운동장은 나에게 신기루와도 같은 곳이었다. 전체 조회가 있을 때면 홀로 교실을 지켜야 했고, 체육 시간에는 플라타너스의 그늘 속에 앉아 친구들이 뛰노는 모습을 지켜보아야 했다. 내 시간의 한 부분은 토막이 나 정지해 있는 것 같았다. 멈춰진 토막의 시간은 어지럼이 쥐고 있었다. 가끔 운동장의 흙 속에 스며든 친구들의 땀 냄새를 맡았다. 내 땀이 그곳에 섞일 수 있을 때는 언제일까 하고 생각했다. 겨울이 되면 어지럼은 덜했다. 나는 겨울 속에 기생하는, 앙상한 나무 같은 존재였을까.

창밖에서 불어온 바람은 어지러운 기운을 조금씩 씻겨냈다. 나는 방 안을 둘러보았다. 방은 너무 넓었다. 그 넓은 공간에 일일이 정을 붙이려면 긴 시간이 걸릴 것 같았다. 방 모서리를 하나씩 응시하며 시간을 흘려보냈다. 바닥에 뿌려진 햇살은 크기를 줄여갈수록 농도가 짙어졌다. 어둠이 깔릴 무렵에야 짐을 풀기 시작했다. 옷장에 옷을 넣고 책을 한쪽 구석에 반듯이 쌓았다. 맨바닥에 웅크려 앉아 있는데 방문을 두드리는 소리가 났다.

할머니를 따라 아래층으로 내려갔다. 거실에는 작은 밥상이 차려져 있었다. 할머니는 안방에서 할아버지를 데려왔다. 나는 밥 생각이 없었지만, 첫날부터 거절하자니 예의가 아닐 것 같아 숟가락을 들었다. 반찬은 간소했다. 도라지무침과 시래깃국, 열무김치가 전부였다.

할아버지는 밥을 한 숟갈 뜨고는 입속에 넣어 한참을 씹다가 국을 떴다. 다른 반찬에는 젓가락을 대지 않았다. 할머니 역시 밥에 열무를 조금 올려놓으며 천천히 먹었다. 할머니는 이따금 할아버지를 쳐다보았다. 할아버지는 자신의 밥그릇에 시선을 고정한 채 말이 없었다. 할머니도 내 쪽으로는 시선을 주려 하지 않았다. 그러고는 침묵을 지켰다. 나는 오히려 그 침묵이 편했다. 무슨 말이든 물어온다면 어떻게 답해야 할지 자신 없었다.

밤은 길었다. 풀벌레 소리마저 들리지 않아 적요했다. 나는 홀로 남겨진 기분으로 멈춰버린 듯한 시간을 묵묵히 버텼다. 새벽이 다가왔을 때 고양이 울음소리가 났다. 멀리서 울려온 그 소리는 방 안의 어둠을 반으로 가르며 내 몸까지 파고드는 것 같았다.

아침은 혼탁한 빛을 뿌리며 나를 깨웠다. 역한 음식을 먹은 것처럼 기분이 좋지 않았다. 어제와 마찬가지로 침묵 속에 아침과 점심 식사가 이어졌다. 나는 조금은 맑아진 정신으로 오후를 맞았다. 방에 처박혀 그대로 시간을 보내도 괜찮겠다 싶었다.

땅거미가 질 무렵, 방에서 나와 아래층으로 향했다. 어둑어둑한 거실을 지나 현관문을 열었다. 할머니는 마당 벤치에서 책을 무릎에 올려놓은 채 꾸벅꾸벅 졸고 있었다. 내가 지나가려 하자, 할머니는 잘못한 일을 들키기라도 한 듯 어깨를 움츠리며 나를 올려다봤다. 나는 살 게 있어서 외출하겠다고 말했다. 할머니는 고개를 두 번 끄덕였다.

 오솔길을 따라 조금 걷자, 이 차선 도로가 나왔다. 맞은편에는 아파트촌이 들어서 있었다. 할아버지의 집이 있는 쪽은 철망으로 가로막힌 곳이었다. 나는 입구에 있는 안내문을 읽어보았다. 근처에 있는 대학교가 소유한 부지라며 연구를 위한 식물원으로 사용하고 있으니, 외부인의 출입을 금한다는 내용이었다. 그곳의 한가운데를 가로지르는 오솔길이 유일한 도로였다. 할아버지의 집은 오솔길 입구에서 20미터 정도 떨어져 있었다. 도로에서는 나무에 가려 보이지 않았다. 어찌 된 일인지 그 집과 작은 텃밭은 그 대학교의 땅이 아닌 모양이었다. 그러니까 외부인의 출입은 그 집 사람들에게만 허용되는 것 같았다. 그러나 그곳을 지키는 사람은 없었다.

 오솔길을 빠져나와 도로를 따라 걸었다. 아파트촌에는 듬성듬성 불이 켜져 있었다. 아파트촌으로 건너가 상가를 찾았다. 슈퍼마켓에서 생리대와 오렌지 주스를 샀다. 주인

아저씨는 검은 비닐봉지에 담았다. 도로에는 가로등이 밝혀지고 있었다. 오솔길로 접어들자, 앞이 잘 보이지 않을 정도로 어두웠다. 외진 두멧골에 떨어진 기분이었다.

마당에서 할아버지를 보았다. 녹슨 드럼통 속에 무언가를 태우고 있었다. 불길을 응시하는 할아버지의 얼굴은 붉게 달아올라 있었다. 인기척을 들었는지 나를 잠시 바라보았는데, 순간적으로 얼굴이 시커멓게 탄 것처럼 보였다. 나는 고개로만 인사하고 현관에 들어섰다. 밤은 여전히 길었지만, 어제만큼은 아니었다.

이튿날, 나는 아침을 굶고 이불 속에 누워 있어야 했다. 열이 있었다. 아랫배는 쑤셨고 몸에 한기가 일었다. 그러다 말겠지, 여기며 무시하려 했으나 열은 가라앉지 않고 점점 더 끓어올랐다. 내 얼굴에 머물던 햇살이 창가 쪽으로 물러날 때까지 나는 무력하게 어지럼을 받아들여야 했다. 정오 무렵에는 움직이기 힘들 정도로 몸이 무거웠다. 그런 내 모습을 본 할머니는 죽을 쒀 왔다. 나는 몇 숟갈 뜨지 못하고 울었다. 미처 슬퍼할 틈도 없이 지나가 버린 엄마의 장례식이 한 장면 한 장면 사진처럼 떠올랐다. 그때는 채 인식하지 못했던 감정이 되살아나 장면들에 담겼다.

이틀 동안 밥을 먹지 못했다. 목구멍으로 넘기기만 하

면 바로 토했다. 기운이 없고 어지러웠다. 내 상태를 전해 듣고 찾아온 이모는 내 머리를 쓰다듬어 주었다. 나는 이모에게 내가 꼭 이 집에서 살아야 하는지 물었다. 이모는 불편한 점이라도 있으면 말하라며 내 눈을 들여다보았다. 나는 할머니조차 나를 모르는 이유가 궁금하다고 했다. 이모는 곰곰이 생각하더니 창밖을 가리켰다.

— 저 숲이 있는 곳에 할아버지가 공장을 지으셨지. 그러니까 그게 네 엄마가 네 나이쯤 되었을 때구나. 우리는 그 앞 공터에 카네이션이나 장미를 심기도 했어. 꽃이 활짝 피면, 지금은 돌아가신 네 할머니에게 꺾어다 드리곤 했단다.

— 돌아가신 할머니요?

— 그래. 네가 태어나기 전에 이미 돌아가셨단다. 그 뒤에 할아버지는 재혼하셨어.

이모의 말에 마음이 복잡했다. 입양한 아이라도 된 기분이었다. 이모는 나를 다독이며 이제부터라도 서로를 위하는 마음으로 살아가면 되지 않겠냐고 했다. 나는 이모의 말을 받아들이기로 마음먹었다. 이러나저러나 어차피 살붙이라고는 할 수 없었다.

그 뒤로 빠르게 일주일이 흘렀다. 나는 할머니를 도와 설거지를 하기도 했고 할아버지에게 녹차를 끓여 주기도 했다. 무엇을 하든 몸을 움직여야 엄마 생각을 덜 할 수 있었다. 할아버지와 할머니의 생활 속에 녹아들려고 노력했다. 이제 더는 고아라는 처지의 암담함에 빠져 있기 싫었다.

할머니는 봉선화를 심은 화단에 매일 물을 뿌렸다. 할아버지는 아침 식사를 마치면 2층으로 올라갔다. 그러고는 한두 시간이 지난 뒤에 내려왔다. 그럴 때마다 할아버지는 차가운 눈빛을 띠고 있었다. 2층에는 내 방 맞은편으로 작은 문이 하나 있었다. 그곳은 손바닥만 한 자물쇠로 잠겨 있었기에 창고로 사용하는 곳이려니 하고 생각했었다. 할머니는 그곳이 다락방이라고 했다. 나는 무심코 할아버지가 거기서 무엇을 하는지 할머니에게 물었다. 할머니는 고개를 흔들며 대답하지 않았다.

할아버지가 내게 말을 걸어오는 법은 없었다. 나와 마주칠 때마다 그의 눈은 뭔가 말하고 싶은 게 있다는 듯 반짝이다가 곧 탁한 빛에 잠겼다. 그는 입을 우물거리면서도 끝내 한마디도 하지 않았다. 점심 식사를 마치면 가끔 집을 나섰다. 발을 절며 숲 쪽을 향하는 그는 무거운 그림자를 끌고 가는 것 같았다.

할머니는 집 앞 텃밭을 가꾸며 오후 시간을 보냈다. 밭에는 토마토, 상추, 대파 따위가 심겨 있었는데, 나는 토마토에 물을 주곤 했다. 내가 어지럼을 탄다는 사실을 알게 된 할머니는 커다란 밀짚모자를 내주었다. 나는 밭에 오래 있지는 못했다. 주로 벤치에 앉아 할머니의 모습을 지켜봐야 했다. 이곳을 지나다니는 사람은 거의 없었다. 이따금 아주머니들이 삼삼오오 무리 지어 숲 쪽으로 가기도 했는데, 돌아올 때는 손에 든 비닐봉지에 나물인지 풀인지 모를 무언가가 담겨 있었다. 드물기는 하지만 대학교 관계자로 보이는 사람들이 트럭에 나무를 싣고 오솔길을 통과하기도 했다.

 하루는 할머니가 할아버지를 데리고 집을 나섰다. 당뇨병을 앓고 있는 할아버지는 매주 한 번씩 병원에 들러야 했다. 나는 벤치에 오도카니 앉아 할아버지를 기다렸다. 텅 빈 집 안에 혼자 머물고 싶지는 않았다. 바람이 내 목을 휘감을 때마다 가슴 한구석이 죄는 듯했다. 단풍나무가 드리운 수많은 잎의 그림자가 나를 어루만졌다. 엄마의 손길이 생각났다. 멀리서 소쩍새가 일정한 간격으로 울었다. 그 소리가 내 가슴을 쪼아대었다.

 ─ 여기 사십니까?

 나는 깜짝 놀라 목소리가 난 곳을 바라보았다. 벙거지를 쓴 시커먼 얼굴의 남자가 두 눈을 반짝이고 있었다. 모자며 웃이며 모두 때에 절어 지저분한 인상을 풍겼다. 나는 네? 하고 되물었다. 말을 못 알아들어서가 아니라 사십은 넘어 보이는 남자가 존댓말을 썼기 때문이다.

- 여기 사는 겁니까?

남자는 똑같은 어조로 물었다. 나는 그렇다고 대답했다. 할아버지의 손녀이며 이곳에 온 지는 얼마 되지 않았다고 덧붙였다. 남자는 고개를 기울이며 말했다.

- 손녀딸이 있었구려. 내 손주들은 저 숲속에 있소. 고구마랑 감자랑….

나는 무슨 말인지 몰라 눈만 깜빡거렸다. 남자는 못 믿겠으면 따라와 보라고 했다. 나는 무섭기도 해서 뒷걸음치며 현관문을 열었다. 남자는 고개를 갸웃거리더니 가던 길을 향했다.

할머니가 돌아왔을 때, 나는 벙거지를 쓴 남자에 대해 말했다. 할머니는 당황하면서 혹시 내게 해코지라도 하더냐고 물었다. 나는 고개를 저었다. 할머니는 그 남자가 말을 걸면 무시하라고 했다. 할아버지도 눈을 크게 뜨며 나를 쳐다보았다. 나는 그 일을 곧 잊고 말았다. 한동안 남자의 모습이 보이지 않았고, 할머니도 남자에 대해 더는 말을 꺼내지 않았다.

무더위가 찾아왔다. 그것은 갑작스러워서 어느 하루를 경계로 전혀 다른 태양이 떠오른 것 같았다. 한낮에는 그늘진 벤치에서조차 오래 앉아 있기 힘들었다. 초저녁이 되어도 오솔길에는 홧홧한 기운이 서려 있었다. 토마토에 불그레한 물이 들기 시작했다. 화단의 봉선화는 한껏 꽃잎을 벌려 볕을 쬐었다.

이해할 수 없는 일이 벌어진 건 그즈음이었다. 하루는 화단을 돌보던 할머니가 갑자기 붙박은 듯 서서 손을 떨었다. 나는 할머니 곁으로 다가갔다. 할머니의 시선을 따라 화단을 살피다가 손으로 입을 가렸다. 작은 개 한 마리가 창자를 드러낸 채 죽어 있었다. 할머니는 아무 말 없이 개를 집어 들고 공터로 가 구덩이에 던졌다.

그 뒤로 사흘 동안 비가 내렸다. 낮게 깔린 하늘은 쉼 없이 장대비를 뿌렸다. 공터의 구덩이마다 물이 찼고 어떤 곳은 허물어지기도 했다. 할머니는 가끔 우산을 쓰고 화단을 둘러볼 뿐, 대부분의 시간을 거실에서 뜨개질로 보냈다. 나도 할머니에게 뜨개질을 배웠다. 할아버지는 여전히 다락방에 들렀지만, 평소와 달리 금세 되돌아왔다.

비가 내리기 시작한 지 나흘째 되던 날이었다. 마당에 나간 할머니가 날카로운 비명을 질렀다. 나는 맨발로 뛰쳐

나갔다. 할머니는 화단을 향해 선 채 부르르 떨고 있었다. 나는 화단으로 다가가다가 깜짝 놀랐다. 심어 놓았던 봉선화가 모조리 뽑혀 있었다. 뒤늦게 나온 할아버지는 그 모습을 지켜보더니 벤치에 앉아 비를 맞았다.

- 그 사람 짓이에요.

할머니는 흥분한 목소리로 말했다. 할아버지의 눈빛은 차갑게 변했다. 나는 어쩔 줄 몰라 할아버지와 할머니를 번갈아 보며 서 있었다. 무슨 일인지 묻고 싶었지만 그럴 분위기가 아니었다. 어지러웠다. 빗물이 곡선을 그리며 떨어지는 것 같았다.

그 뒤로 이틀 동안 나는 홀로 남겨진 기분으로 시간을 보내야 했다. 할아버지는 안방에 누워 일어나지 못했다. 기침 소리가 끊이지 않았다. 나는 할아버지를 간호하고 싶었지만, 할머니가 말렸다. 할머니는 거의 말을 하지 않았다. 나는 이모에게 알려야 한다고 생각했다. 할아버지가 걱정되었고 무거운 집안 분위기를 버티기도 힘들었다. 나는 수화기를 귀에 대고 전화기의 버튼을 눌렀다.

이모는 양손에 한약재를 들고 왔다. 약을 달이는 동안 이모는 내 방으로 나를 데려갔다. 나는 화단에서 벌어졌던 일을 이야기했다. 벙거지를 쓴 수상한 남자에 대해서도 말했다. 이모는 딱하다는 듯이 나를 한동안 바라보았다. 나는 무슨 일인지 알고 싶다며 이모에게 애원했다. 이모는 내가 좀 더 크면 말해주겠다고 했다. 나는 이모를 졸랐다. 할아버지와 할머니 주위로 겉돌기만 하는 생활을 이어갈 자신이 없었다. 이모는 눈을 반쯤 감고 생각하더니 말을 꺼냈다.

- 너무 강한 애정은 집착이 되기도 하는 법이란다. 때로는 그게 무서운 일을 낳기도 하지. 할아버지는 돌아가신 네 할머니를 무척 사랑하셨어.

이모는 그런 말로 이야기를 하기 시작했다. 말하는 도중에 종종 내 안색을 살피며, 괜찮겠냐고 물었다. 나는 조금 어지러웠지만 참을 만했다.

할아버지가 이곳에 공장과 집을 지은 지 3년이 지났을 때였다. 돌아가시기 전의 할머니가 시름시름 앓더니 몸져 눕고 말았다. 수저를 들지 못할 정도로 쇠약해졌지만, 병인을 알 수 없었다. 할아버지는 수소문하며 이 병원 저 병원을 들락거렸다. 하지만 할머니는 좀처럼 차도를 보이지 않았다. 귀한 약재도 써보았고 용하다는 무당을 찾아가 굿판도 벌였다. 소용없었다. 빚만 걷잡을 수 없이 쌓여갔다. 결국 할아버지는 공장을 처분하려 했다. 하지만 공장도 사정이 좋지 않았고 인수할 사람은 나타나지 않았다. 할아버지는 공장 부지라도 헐값에 내놓기로 했다. 공장이 폐쇄될 거라는 소문이 퍼졌고, 거리에 내몰리게 된 공장 직원들은 가만있지 않았다. 할아버지 집에 찾아와 집기를 부수며 협박했다. 그럴 때마다 할머니는 얼굴이 하얗게 질렸고 병세는 더 위중해졌다. 할머니는 그해 겨울을 넘기지 못했다.

그때부터 할아버지는 변했다. 술에 절지 않고서는 시간을 보내지 못했다. 신경이 점점 예민해져서 밥상을 뒤엎거나 술병을 깨기도 했다. 엄마를 술자리에 앉혀놓고 탓하는 일이 허다했다.

– 네 엄마를 위해 네가 한 게 있더냐?

할아버지는 엄마에게 손찌검을 하기도 했던 모양이다. 이모는 직장에 다니느라 밤이 늦어서야 집에 왔기에 할아버지의 주정을 받는 일은 엄마의 몫이었다. 엄마는 결국 참지 못하고 집을 나왔다.

겨울이 끝나갈 무렵이었다. 공장에 큰불이 났다. 농성중이던 두 명이 그 불로 심한 화상을 입었다. 불에 타버린 공장은 뼈대만 시커멓게 남았다. 그날, 할아버지는 오토바이를 타다가 도랑에 빠져 다리가 부러졌다. 그런데 다리만 다친 게 아니었다. 누군가에게 각목이나 돌멩이 따위로 얻어맞아 머리까지 깨졌다. 그 사고로 기억을 잃고 말았다.

 공장에 불이 난 것을 두고 마을 사람들은 할아버지를 의심했다. 그러나 의외로 사건은 쉽게 마무리되었다. 경찰은 장 씨라고 불리는 사람을 범인으로 잡아들였다. 장 씨는 공장 부지의 전 주인이었다. 그는 이른 나이에 땅을 물려받았지만, 노름과 술로 몇 년도 지나지 않아 재산을 말아먹었다. 그 뒤로 정신이 오락가락하는 모양이었다. 그는 할아버지를 볼 때마다 사기꾼이라고 했다. 경찰은 그가 종종 술을 마시고 공장을 찾아와 이곳이 자신의 땅이라며 행패를 부렸던 점에 주목했다.

 ─ 그 장 씨라고 하는 사람. 네가 말한 그 남자야. 아직도 여기가 자기 땅이라며 횡설수설한다지 뭐니. 그런 짓까지 할 줄이야….

 이모는 몸을 떨며 말했다.

 ─ 그런데 그때 내가 곧 시집가게 되었거든. 할아버지를 돌보아 줄 사람이 필요했어. 2년 뒤에 할아버지는 간병인을 아내로 맞아들였지. 그분이 지금의 할머니란다. 고마운 분이서.

 이모는 말을 마치며 내 뺨을 쓰다듬었다. 나는 어지럼을 참지 못하고 이모의 무릎에 고개를 떨어뜨렸다. 이모는 내 귀에 가까이 입을 대고 속삭였다. 할아버지가 어떤 과거를 가졌든 우리는 가족이라고. 적어도 우리는 할아버지를 이해해야 한다고.

 떼를 써서 이모의 입을 열게 한 나는 조금 후회했다. 할아버지와 화해하지 않을 정도로 엄마가 받은 상처가 큰 것이었는지 이해할 수 없었다. 그러나 더 이상 캐묻지 못했다. 이모가 일부러 숨기고 있는 게 있다면 나로서는 감당하기 어려운 사실일 터였다.

 할아버지가 기운을 차렸을 때는 여름이 끝나갈 무렵이었다. 나는 할아버지와 가까워지기 위해 자주 말을 걸었다. 하지만 그는 아무 대답이 없었다. 나는 기다리기로 했다. 언젠가 말을 나눌 때가 올 거로 생각했다. 기억을 잃어 엄마에게 사과할 기회도 얻지 못한 할아버지가 안쓰럽기도 했다. 나는 엄마의 상처를 할아버지 처지에서 바라보려고 노력했다. 그런 내 모습에 나 스스로 놀랐다. 거실에 들어찬 햇살은 한층 맑아 보였다.

 하루는 거실을 지나가고 있는데 할아버지가 나를 불렀다. 나는 순간 당황했다. 할아버지가 내게 말을 한 건 처음이었다.

　- 네 이름이 무어냐?

― 소해이어요. 이소해.

할아버지는 입술을 우물거리더니 쉰 소리로 미안하다, 하고 연이어 중얼거렸다. 나는 다정한 표정을 지으며 할아버지의 눈을 들여다보았다. 그는 붉게 달은 눈을 좌우로 굴리며 어깨를 들썩였다. 나는 그의 품에 안겼다. 어디서 그런 용기가 나왔는지 모를 일이었다.

그것은 내가 기억하는 할아버지의 마지막 모습이었다. 그날 밤에 집을 나간 할아버지는 이튿날 아침이 밝을 때까지 돌아오지 않았다. 어찌 된 일인지 할머니는 그를 찾아 나서려 하지 않았다. 언젠가는 맞아야 할 일이 왔다는 듯 체념한 표정만 짓고 있었다. 안방을 지키고 있는 그녀에게 나는 말을 꺼내기도 힘들었다. 이모에게 사실을 알려야 했다. 이모는 급히 달려왔고 경찰서에 전화했다. 우왕좌왕하던 이모는 경찰서에 가봐야겠다며 할머니와 함께 기다리라고 했다. 할아버지의 행방은 자신이 알아볼 터이니 걱정하지 말라고 했다. 이모가 나가자, 할머니는 안방으로 들어가 문을 잠갔다.

나는 거실에서 서성이다가 2층으로 올라갔다. 팔짱을 낀 채 이모의 연락을 기다렸다. 그러다가 다락방 문에 걸린 자물쇠를 보았다. 열쇠가 꽂혀 있었다. 나는 다락방 앞에 다가가 열쇠를 돌렸다. 가슴이 두근거렸다. 자물쇠를 걷어내고 문을 당기자, 힘들여 정리해 놓은 마음속 질서가 허물어지는 것 같았다. 그대로 문을 닫고 그 속에 숨겨진 비밀을 봉해두는 게 옳을지도 몰랐다. 하지만 단순한 호기심에서가 아닌, 이제 나도 이 가족의 일원이라는 생각에 용기를 내었다. 어깨를 움츠리며 안으로 들어갔다. 가파르고 어두운 계단이 앞을 막고 있었다. 나는 기다시피 올라가야 했다. 꼭대기에 오르자 작은 방이 나왔다. 일어설 수 없을 정도로 천장이 낮은 곳이었다. 여름인데도 서늘한 기운이 감돌았다.

한쪽 구석으로 펼쳐져 있는 교자상이 거뭇한 윤곽을 띠고 있었다. 거기에 무언가가 놓여 있었는데 어두워서 잘 보이지 않았다. 교자상 위로는 희미한 빛을 머금은 쪽창이 있었다. 먼지로 뒤덮인 그 창은 두 손으로 가릴 수 있을 만큼 작았다. 나는 무릎을 꿇은 자세로 손을 뻗어 창을 열었다. 햇살이 교자상 위에 뿌려지며 그 위에 놓인 것들을 비추었다. 낡은 노트와 만년필 한 자루, 그리고 파란색 잉크병이 놓여 있었다. 나는 왜 할아버지가 이 시간에 맞춰 다락방에 드나드는지 이해할 수 있었다. 너무 어두웠다. 무언가를 읽거나 적으려면 햇살에 비추어야 했다.

노트에 손을 대려고 할 때였다. 갑자기 목덜미에 서늘한 기운이 내려앉았다. 등 뒤에서 누군가가 나를 바라보는 것 같았다. 용기를 내어 고개를 돌려보았다. 나는 뒤로 물러서며 소리를 지르고 말았다. 겨드랑이에 찬 땀방울이 팔을 타고 흘러내렸다. 등 뒤의 벽지를 가득 채운 것은 사진이었다. 나는 세 차례에 걸친 심호흡으로 마음을 진정시켰다. 그러고는 사진들을 꼼꼼히 살폈다. 엄마의 모습을 닮은 얼굴이 사진마다 희미한 웃음을 짓고 있었다. 혼란스러웠다. 기억을 잃은 할아버지가 어떻게 돌아가신 할머니의 사진을 붙여 놓았을까?

무거운 마음으로 교자상 위의 노트를 펼쳤다. 차분한 호흡의 문장들이 어슴푸레한 빛을 띤 채 이어져 있었다. 글씨는 색이 바래 흐릿했다. 어떤 낱말들은 무언가에 젖었는지 번져 있었고, 수없이 만지작거린 듯 장마다 손때가 가득했다. 나는 쉬지 않고 노트를 읽었다. 노트에 반사된 햇빛 때문에 어지럼이 일 것 같았다. 노트를 모두 읽자 한없이 가라앉듯 어지러웠다. 쪽창을 닫고 교자상에 엎드려 어지럼이 가라앉기를 기다렸다. 노트에 적힌 내용이 머릿속을 맴돌았다.

공장 직원들의 일자리를 뺏은 장본인, 본의 아니게 아

내의 죽음을 재촉했다는 것, 작은딸에게 준 씻지 못할 상처…. 나는 첫 페이지를 채우고 있는 내용이 아마도 할아버지가 떠올려야 할 기억들인 줄 알았다. 하지만 아니었다. 그것은 할아버지 자신이 기억을 못 하는 것처럼 여겨야 할 사실이었다. 할아버지는 3년 만에 기억을 되찾았다. 그러나 모든 것이 부끄러웠던 나머지 그 사실을 누구에게도 알리지 않았다.

그 순간 나는 무슨 생각을 할 수 있었을까. 진실이라는 것에 대해 깊이 생각하기에는 어렸다. 그런데도 어쩌면 이 세상에는 그대로 덮어두어야 할 게 있을지 모른다고 어렴풋이 느꼈다. 이제 와 생각해 보면 그것은 내가 위선으로 건축된 세상에 한 걸음 내딛는 순간이었다.

정리된 생각은 아닐지라도 나는 대충 깨달았던 것 같다. 철이 든다는 것은 세상을 둘러싼 위선의 공식에 적응하는 것이라고. 나는 할아버지가 꾸민 무대에서 내 몫의 연기를 하기로 했다. 상관없었다. 다락방에 햇살이 머무는 짧은 시간 동안만이라도 진실을 유지할 수 있다면, 그곳의 햇살이 우리의 모든 위선을 덮어줄 것이었다.

그날 오후, 바람이 제법 거칠게 불며 비가 쏟아지기 시작했다. 현관 앞에 서서 내리는 비를 바라보고 있는데, 벙

거지를 쓴 남자가 집 앞을 지나가고 있었다. 온통 젖은 모습이었다. 남자는 내게 다가와 주위를 살피며 말했다.

— 나는 다 알고 있수. 이 집 노인네가 아무리 아닌 척해도 날 속일 순 없지.

나는 현관문에 등을 붙인 채 남자를 노려보았다. 남자는 다시 한번 좌우를 둘러보더니 빠른 걸음으로 오솔길을 걸었다. 나는 숲속으로 사라져가는 남자의 뒷모습을 멀뚱히 바라봤다. 순간, 가슴속 깊은 곳에서 뜨거운 기운이 솟구쳤다. 할아버지가 내 가족이라는 사실을 증명하고 싶었다.

나는 뛰었다. 빗물이 옷 속을 파고들었다. 숲속으로 뻗은 길에 들어서자, 나뭇잎에 떨어지는 빗방울 소리만 들렸다. 길은 이내 사라져 버렸고, 우거진 나무들이 앞을 가렸다. 나무 사이로 정신없이 걷다 보니 겁이 났다. 미로 속에 빠진 기분이었다. 이리저리 헤매다가 남자의 모습을 발견했다. 남자는 밭고랑에 고인 물을 삽으로 퍼내고 있었다. 나는 남자에게 다가갔다.

— 아저씨.

남자는 고개 돌려 나를 바라봤다. 무덤덤한 눈빛을 띠고 있었다. 나는 떨리는 목소리로 말했다. 몸에 남아 있는 용기를 짜내기 위해 주먹을 꼭 쥐었다.

– 이제, 그만 하세요. 여긴 아저씨 땅이 아니에요. 그건 우리 할아버지 잘못이 아니잖아요. 그리고 할아버지는 정말 아무것도 기억 못 해요.

　남자는 무슨 말인지 모르겠다는 듯 한참 동안 나를 바라보았다. 나를 향해 뭐라고 말했는데 빗소리에 묻혀버릴 만큼 작은 목소리였다. 빗방울은 점점 더 굵어졌다.

　집에 닿았을 때는 몹시 추웠다. 몸을 떨며 내 방을 향하다가 다락방을 보았다. 문이 열려 있었다. 내 몸의 떨림이 멈추었다. 다락방에 쌓였던 한기가 빠져나와 나를 얼려버린 것 같았다. 나는 빨려 들어가듯 계단을 올랐다. 교자상 위에는 불이 켜진 손전등이 할아버지의 노트를 비추고 있었다. 그 앞에서 웅크리고 있는 할머니는 나를 잠시 바라보다가 시선을 거두었다. 나는 떨리는 할머니의 어깨를 보았다. 할머니는 허리춤에서 무언가를 꺼내 할아버지의 노트 위에 놓았다. 편지봉투였다. 할머니는 나지막한 목소리로 말했다.

　– 여기에 들어와 보았더냐? 미안하구나. 우리 사이에만 서로 진실하다면 괜찮을 거로 생각했단다. 할아버지에게 그렇게 살자고 설득한 것도 나였다. 그래야 내가 곁에 남을 수 있었으니까. 나에겐 가족이 그분뿐이었거든. 할아버

지를 이해해 주렴. 누구보다도 힘들어했단다.

　나는 편지봉투를 향해 손을 뻗었다. 편지봉투를 열고 편지지를 꺼내는데, 할머니가 내 손을 잡았다. 나는 고개를 끄덕여 할머니를 안심시킨 뒤 할머니의 손을 풀었다. 휴대전화의 라이트를 켜 편지지를 비추었다. 글의 내용이 머리에 잘 들어오지 않았다. 거듭 읽어보아도 마찬가지였다. 할아버지가 자신의 기억을 완전히 지우려면 스스로 사라지는 방법밖에 없었을까? 나는 연결되지 않는 문장들을 억지로 꿰어 머릿속에 집어넣었다.

　　이제 어느 쪽이 옳은 기억인지 분간할 수 없다. 내 죄를 씻을 기회는 남아 있을 것이다. 내 손녀에게 모든 것을 말해야…. 하지만 그 아이를 볼 때마다 마음이 차갑게 식는다. 비열한 방법으로 땅을 빼앗고 공장을 세운 게 실수였다. 가족을 위해서라면 무엇이든 허용된다고 생각했다. 아내는 그 사실을 알게 된 뒤 쓰러졌다. 나는 아내의 혼령이나마 편하기를 바랐다. 그래서 공장에 불을 질렀다. 아무리 떨쳐버리려 해도 그 기억을 지울 수가 없다. 숨을 쉬기가 어렵다. 유일하게 안락한 곳은 이 다락방이다. 하지만 이곳에 널려 있는 햇살마저도 차갑다.

In to the DARK EYES*

作 이인길

소설 속으로

 2025년 어느 봄날 오후, 고동현 작가로부터 메시지가 왔다.

 '수현 씨에게, 새로 집필 중인 소설을 첨부합니다. 당신이 읽어주기를 바랍니다.'라는 문구와 'Dark eyes_chapter1.pdf'라는 파일이 첨부되어 있었다. 흥미로운 심정으로 파일을 열었다.

---

* 이 작품은 《다크 아이즈》를 분석한 이인길 저자의 메타 픽션이다.

A4 십여 페이지의 소설 도입부인데, 아직 다듬기 전의 초안이었다.

내용은 이렇다.

'한나'라는 여주인공은 주목받는 작가였는데 어떠한 이유와 집착으로 시력을 잃는다. 그러나 오롯이 청력에 집중할 수 있는 환경에 놓이고, 흡사 침묵과도 같은 절대적 저음을 추구하며, 그 느낌을 글로 표현하기 위해 매진한다. 고동현 작가는 그의 소설《다크 아이즈》의 주인공 한나가 저음에 집착하는 모습을 이렇게 표현했다.

> 내가 원하는 것은 더 묵직한 것이었다. 콘트라베이스의 저음으로도 표현할 수 없는 그 무엇이었다. 나는 며칠에 걸쳐 고뇌한 뒤에야 차분해질 수 있었다. 그리고 완벽한 이완에 놓였다. 마음속에 강박적으로 흐르던 교향곡이 사라지는 순간이었다. 가슴 한 구석에서 인간의 청력으로는 감지할 수 없는 저음들이 울리기 시작했다. 나는 그것을 글로 표현했다.

이렇듯 소설의 여주인공 한나는 경계를 넘어서는 감각을 추구하였고, 그 욕망에 충실한 캐릭터였다. 망막 이식을 받기 하루 전, 그녀는 감각의 불완전성을 절감하며 고뇌에 휩싸인다.

가지런한 주름이 세로로 새겨진 입술은 애벌레처럼 꿈틀거렸다. 두려운 느낌이 들기도 했다. 독을 가득 품은 애벌레, 누군가 그것에 입술을 대면 파랗게 물들였다가 검게 태워버릴 듯한 입술이었다.

고동현 작가의 글은 탐미적이며 몽환적이어서 오묘한 백자를 바라보듯 감상하게 되지만, 사건의 개요가 상식적이지 못하고 관념적이어서 난해한 느낌을 준다. 내게 보내준 《다크 아이즈》의 도입부는 나름 독자의 심리를 자극하는 불안과 긴장감을 끌어냈지만, 역시 특유의 불편함이 배어 있었다.

왜 나에게 이 글을 읽어 달라며 보냈을까? 궁금했다.

보내준 글을 대충 훑어보고 고동현 작가에게 답장을 보냈다.

-작가님, 보내주신 글은 잘 읽었습니다. 새 작품을 집필하시나 봅니다. 응원합니다. 그런데, 저한테 왜 보내주신 건가요? 필요한 게 있다면 도와드리겠습니다.

한참 뒤에 그에게서 연락이 왔다.

"구상 중인 소설인데 수현 씨의 도움이 필요해서요. 수현 씨가 답장을 보내주었기 때문에 이제 본격적으로 시작할 수 있겠네요. 고맙습니다."

"네? 무슨 말씀인지 이해를 못 하겠습니다."

"저는 수현 씨를 제 소설에 초대했습니다. 지금 우리는 소설 속에 있는 겁니다. 지면과 공간과 시간 속에서 형상화되고 있는 소설을 함께 쓰고 있는 것이지요. 우리는 소설을 쓰는 작가이면서 소설 속 오브제가 되어버린 것입니다."

"소설 속이라니요? 제가 어떻게 소설을 함께 쓰고 있다는 건가요?"

"《다크 아이즈》는 이미 시작되었죠. 지금도 한 줄 한 줄 작품은 앞을 향하고 사건이 일어납니다. 우리는 메타 인지적 관점에서 이 소설을 공유하고 있는 것이지요. 당신의 자의식이 인지할 수 없는 의식, 이것은 무의식과는 다른 엄연하고 분명한 의식으로서 당신과 나의 공유 의식입니다. 우리는 그 세계에서 소설이 전개되는 걸 지켜볼 뿐입니다."

"제가 무엇을 보고 있다는 건가요? 저는 그냥 선생님께서 보내주신 글을 읽고 연락을 드렸을 뿐입니다. 제가 선생님의 작품 속에서 어떻게 존재한다는 것인지 이해하기 어렵네요."

"저는 지금 《다크 아이즈》라는 소설을 쓰고 있습니다. 당신은 최초의 독자이자 또 다른 작가이기도 합니다."

"작가님! 무슨 말씀인지 너무 어지러워요."

"수현 씨, 편하게 생각하세요. 어차피 소설은 픽션이잖아요."

"하지만, 지금 저는 이렇게 작가님과 대화하고 있는데요?"

"지금 우리는 대화를 나누고 있지만, 이것 또한 제 소설의 한 부분이기 때문에 우리의 대화도 허구입니다."

"대체 무슨 말씀인 건지?"

그렇게 그의 《다크 아이즈》는 시작되었다.

나는 궁금했다. 그가 탐미하려는 그 어두운 시선이 어디에 닿을까. 그 시발점이 되는 눈동자를 그는 이렇게 표현했다.

그것은 증류수로 적신 듯 맑게 빛났고, 동공은 갓 내려 뽑은 원두커피처럼 고왔다.

그의 글에서 곱게 간 커피 향이 났다. 동시에 커피콩을 가는 날카로운 파쇄음도 섞여 들었다.

그렇게 나는 그의 소설에 빨려 들어가고 있었다.

인연

틈틈이 블로그에 글을 쓰며 여행 작가의 꿈을 키우던 십여 년 전, 편의점에서 아르바이트하고 있을 때였다. 고동현 작가를 처음 만났다. 그는 같은 건물에 있는 논술학원에서 학생들을 가르치던 강사였는데, 강의가 끝나는 늦은 밤마다 편의점에 들렀다. 항상 소주 두 병에 담배 한 갑, 소시지 두 개를 샀다. 에누리 없는 만 원어치다.

그는 미리 준비한 듯 반이 접힌 만 원짜리 한 장을 건네며, 낡은 서류 가방 속 노트들 사이에 소주병을 쑤셔 넣었다. 그것은 내 호기심을 자극했다. 매일 밤 소주병을 품는 두툼한 노트는 단순한 일기장일 수도 있었다. 그래서 소중한 대접을 받지 못하는 걸까? 그러나 내 눈에는 그 노트가 범상치 않아 보였다. 나도 그런 노트를 가지고 있기에···.

그렇게 한 계절이 지나고 겨울이 다가왔다. 그는 여전히 단벌인 듯 보이는 양복 차림으로 들렀다. 나는 그의 루

틴을 깨뜨려야 했다. 그날, 그는 여느 때와 마찬가지로 항상 고르던 물건을 계산대에 올려놓고 만 원짜리 지폐를 건넸다. 나는 상냥한 미소를 머금으며 그에게 말했다.

"오늘부터 소주 가격이 올라서요. 400원 더 주셔야 합니다."

"이런, 그렇군요, 요즘 안 오르는 게 없네요."

그는 난처한 표정으로 소시지 하나를 내려놓으며 말했다.

"제가 잔돈이 없어서요. 소시지를 하나만 사야겠네요."

어색한 미소로 소시지 한 개를 반납하는 그에게 나는 선심을 건넸다.

"다음에 잔돈을 주시고, 그냥 가져가세요."

"아닙니다. 소시지 한 개를 빼겠습니다."

"그러면 소주를 한 병만 사시지, 배고프지 않으세요?"

"제가 배고픈 건 참아도 맨정신은 못 견디는 편이라."

그렇게 소시지 한 개를 무르는 그에게 거스름돈을 건네며, 나는 여태껏 참아왔던 질문을 그에게 던졌다.

"글을 쓰시나 봐요? 저도 비슷한 노트를 가지고 있어서요."

가방에 소주병을 담던 그가 고개 들어 나를 바라보았다.

퀭한 눈동자에서 아주 잠깐 빛이 반짝였다. 그런 눈빛을 보인 건 처음이었다.

"아, 이 노트들이요."

그는 부끄러운 듯 눈길을 떨구며 말을 이었다.

"집에 가서 정리해야 할 것들이죠. 그래서 심장과 허파를 채울 술과 담배가 필요합니다."

그는 등단한 소설가인데 학원 논술 강사로 생계를 이어가며 글을 쓴다는 사실을 말했다. 그가 쓴 소설책 몇 권도 소개해 주었다. 나는 그가 부러웠지만, 고단한 현실에 지친 그의 모습이 어딘가 서글퍼 보였다.

그해 12월 초, 그는 이제 소주 사러 오는 날이 없을 거라며 인사를 건넸다. 마침맞게 입시 철도 지났기에, 글쓰기에 집중하려고 학원을 그만둔다고 했다. 나도 새 일거리를 얻어 새해부터 출판사에 다닌다고 말했다. 그는 축하를 건넸고 나는 그의 선택을 응원했다.

소설 속에서

나는 출판사에서 교정을 담당했다. 업무는 어렵지 않았다. 하지만 흥미를 느끼지 못했다. 타인의 원고를 접할수록 내 글을 쓰고 싶은 갈망이 자라났기 때문이다. 책꽂이에 꽂힌 습작 노트들, 노트북에 가득 찬 작품 파일은 냉동실 한편에 처박힌 명절 음식처럼 나 스스로에게도 외면당하고 있었다.

그러던 중, 고동현 작가를 다시 만나게 되었다. 출판과 관련하여 미팅에 참석했는데, 그를 마주하게 되어 깜짝 놀랐다. 그 또한 나를 알아보고 의아해하며 밝은 미소를 건넸다. 더 좁아진 어깨와 처진 뱃살. 그는 나름의 목표를 향해 열심히 달려온 모양인데, 수년 전의 초췌함에서 조금도 벗어나지 못한 모습이었다. 다만 예전과 다르게 그의 눈은 잔불을 품은 구공탄처럼 은은하게 타오르고 있었다.

나는 그의 글을 교정하면서 그의 문체와 상상에 매료되었다. 단지 나만 그랬다. 편집장은 그에게 더 대중적인 문장을 쓰라며 충고했다. 그러나 그는 옅은 미소를 지으며 완곡하게 거절했다.

그의 소설은 수려했지만, 난해했다. 그는 '글을 쓰는 행위'에 의미를 두었으며, 누군가가 그것을 읽는다는 사실에는 낯설어했다. 독자를 의식하지 않았지만, 동시에 독자를 무시하는 태도였다. 나는 씁쓸했다.

우리는 그의 의도에 따랐고, 작품을 세상에 선보였지만, 그 책은 이방인의 길을 걸었다. 거의 팔리지 않은 것이다.

그럼에도 그는 부평초 같은 글을 쓰며 출간을 이어갔다.

   그가 새로 준비하고 있다는 소설 《다크 아이즈》도 작품 세계를 이해하기가 어려웠다. 내가 그의 작품 집필에 어떤 역할을 하는지, 우리가 공유하고 있는 의식은 무엇인지 전혀 와닿지 않았다.

   그런 궁금증은 무덥고 습한 날씨 속에서 서서히 잊혀갔다. 그는 한 달 동안 원고를 보내지 않았다. 그러던 중 그에게서 연락이 왔다.

   "액자 소설 형식의 독립적인 이야기로 2장이 펼쳐집니다. 참고로 이 소설은 각 장마다 화자가 바뀌며 모두 일인칭으로 묘사되는 구성입니다."

   그가 보내준 2장은, 두 자아가 한 몸을 이루었던 샴쌍둥이가 분리 수술 후에 맞은 비극을 그려낸 단편 소설 같은 글이었다. 그 뒤로도 그는 일주일 간격으로 글을 보냈다.

   3장에서는 여주인공 한나의 남편 두호의 시점에서 서술하고 있었다. 4장에 등장하는 해든의 쌍둥이 자매 해연의 이야기는 머리를 아프게 했다. 소설의 확장성으로 받아들이기에는 2장의 샴쌍둥이 이야기와 어떻게 엮인 것인지 난해했다. 두호, 준수 등 남성 인물은 시종일관 무력해 보였다. 그러기에 집착이나 몰입에 인생을 던지는 여성 인물들과 대비되었다. 과연 현실적인 전개일까? 하지만 날카로운 풀잎이 정강이를 베는 것 같은 섬뜩한 표현은 작가만의 서늘하고 냉소적인 서풍을 유지했다. 나는 그것에 매료되었다.

2장으로 돌아가 보자. 샴쌍둥이가 분리 수술을 마쳤을 때, 한쪽 자아가 느꼈을 낯선 절망을 그는 이렇게 표현했다.

> 배고픔은 참을 수 있었는데 추위는 끔찍했어. 누구든 껴안고 싶었지. 비어 있는 반을 채워야 했으니까.

샴쌍둥이로 태어나 남들보다 두 배로 풍족한 삶을 살았는데, 둘로 분리한 뒤 다가온 결핍의 고통은 비극적 결말로 이어지고 말았다.

> 익숙하지만 언제 만나도 소름 끼치는 악몽이 잠에 스며들었지.

이 문장에서 더 이상 가라앉지 못하는 늪 바닥이 떠올랐다. 결국 화자는 악몽에서 깨어나는 길을 선택할 것이었다.

3장을 읽고 나서는, 해든이 두호를 상대로 벌이는 게임의 동기가 무엇일지 궁금했다.

4장에서 나타난 해든과 쌍둥이 자매 해연의 서사는 나를 혼란에 빠뜨렸다. 이제, 《다크 아이즈》라는 소설이 어떻게 흘러가는 것인지 종잡을 수 없었다.

5장은 다시 눈을 뜬 한나와 해든의 대립을 풀어내고 있었는데, 다소 거친 설정은 나를 설득하지 못했다. 아니, 내가 작가의 소설을 이해하지 못하는 것일까. 닥치는 대로 쓴 듯한 취중 연서 같은 글이 이어졌기에 몰입이 어려웠다.

긴 장마 속에 푹푹 찌는 여름밤의 끈적거림처럼 그의 소설은 내 머릿속을 타르 찌꺼기로 가득 채웠다. 정신은 흐리멍덩해지고 가슴은 답답했다. 결국 나는 그에게 전화했다.

"작가님, 이 소설이 해든과 한나를 어떻게 이어줄지 너무 궁금합니다. '다크 아이즈'라는 제목이 다중적 의미를 지닌 듯한데, 잘 모르겠습니다. 동명의 '다크 아이즈'라는 곡이 지닌 의미도 마찬가지고요. 그리고 매혹적이고 절망적이며 갈증이 멈추지 않는 눈빛의 실체는 무엇일까요?"

그는 차분한 톤으로 대답했다.

"우리의 소설은 이제 어느 정도의 얼개가 꾸려졌네요.

'다크 아이즈'는 러시아 집시에서 유래한 포크 송입니다. 이 곡을 주제로 깔려고 함은 〈글루미 선데이〉라는 영화에서처럼 파멸과 몰락을 안겨주는 불운한 분위기를 원했기 때문입니다. 작품을 관통하는 테마곡인 셈이죠. 현재 6장을 쓰고 있습니다. 각 장마다 반전을 보이며 긴장감을 유지하기가 쉽지 않네요. 치밀한 설정이 필요한데 아직 허점이 많습니다. 제가 보내는 원고는 다듬어지지 않은 상태입니다."

"선생님, 그렇게 설명해 주시니 《다크 아이즈》라는 작품을 소개하는 큐레이터 같네요. 제가 관객이 된 것 같아요."

"역시 수현 씨의 안목은 대단합니다. 저는 전지적 시점의 확장성 차원에서 실시간으로 소설 전개 과정을 관찰하며 함께 느끼는 독자가 필요했습니다. 그리고 그 독자의 평가를 저서에 넣고 싶었지요. 이제 수현 씨의 역할은 끝내야겠어요. 누군가에게 관찰되고 있음을 느끼면 행동이 부자연스럽고 불편해질 수 있거든요"

"뭐라고요? 그러면 어떻게 《다크 아이즈》를 끝내시겠다는 건가요?"

"작품 속 인물들이 해낼 겁니다. 그동안 제 소설 속에서 저와 함께 고뇌했던 당신께 감사의 마음 전합니다."

"저는 당신의 그런 일방적인 소통이 싫습니다. 너무 비겁해요. 작가의 고집이 당신의 글을 외롭게 만들어요. 당신은 소설이라는 이유로, 허구라는 이유로 사건을 마구 나열하고 등장인물들을 곤란하게 만들어요, 한나도 해든도 해연도 모두가 가시덤불에 내던져진 시각장애인처럼 위태롭고 절망적이란 말이에요. 그들을 어떻게 구원할지 작가가 당당히 개입해서 풀어내야죠."

"수현 씨의 충고는 새겨듣겠습니다."

"도대체《다크 아이즈》에서 무슨 얘기를 하시려는 건지요. 러시안 집시의 탈관습적 삶을 동경했던 한나와 해든의 갈등은 어떻게 수습하는지 예측이 어렵네요."

"제가 얘기했잖습니까? 지금 6장을 집필하고 있다고요. 저도 어떻게 전개될지 머리가 아픕니다."

"당신은 갈등만 잔뜩 부추겨 놓았군요. 어쩌시려고요. 당신의 소설 속 젊은이들은 또 어떻습니까. 매우 조숙한 느낌이에요."

"좋은 지적입니다. 분명하지 못한 게 삶이듯이, 글도 그러려니 해야지요. 참고하겠습니다."

"《다크 아이즈》는 작가님이 맺으셔야죠. 어떻게 마무리가 되어도 작가님께서 감당하실 일이기에 안쓰럽군요. 하지만 묵묵히 대패질하는 목수처럼 다듬고 다듬다 보면 어느덧 결론에 다다를 거예요. 그저 저는 작가님을 응원하는 수밖에 없겠군요."

"수현 씨는 글을 쓰고 싶다고 하셨죠? 요즘 독자들은 무척 고급화되어서 한 칼만 삐끗해도 난도질당하기 쉽답니다. 대중을 의식한다면 눈치를 보게 되고, 당신은 주눅 들어버릴지도 모릅니다. 그저 묵묵히 써나가시라고 조언드립니다. 삶이라는 게 그리 대단하지 않듯이 우리가 쓰는 글도 그저 그럴 뿐입니다. 무료하기 그지없는 삶에 작은 평계를 늘어놓는 것에 불과하지요. 중요한 건 아직 글을 쓰고 있구나, 하는 인식입니다. 아직 죽진 않았구나, 하는 삶의 잣대 같은 거지요"

"이제 어쩌실 건가요?"

"마무리를 지어야지요. 치열하든 무료하든 살다 보면 의외의 결과가 생기기도 하고 결국은 받아들이게 되지요, 그런 날을 찾아 나서든 기다리든 각자의 몫일 뿐입니다"

"찾아 나서든, 기다리든? 작가님은 참 오랫동안 찾아다니시는 것 같아요. 무얼 찾고 있는지도 잊어버린 채 말이죠."

"제가 그렇게 보였나요? 은하수가 그렇듯이 인간도 끝없는 흐름에 잠겨 있지요. 삼라만상이 존재 이유를 묻지 않듯이 인간도 그래야 한다고 봅니다. 무얼 찾는다는 목표보다 그것을 향하는 과정에서 우리의 구원이 완성되겠죠. 닿을 수 없는 별을 바라보며 끝없이 걷는 것과 같답니다. 이제《다크 아이즈》를 마무리 짓고 조금 천천히 걸어 보렵니다."

그렇게 그와 공감과 반감이 교차하는 대화를 나누었다. 우리는 각자의 삶에 간섭을 최소화함으로써 서로의 선택을 존중했다.

공명

나는 글을 쓰고 싶었다. 먹고사는 문제만 해결된다면 글쓰기에 파묻혀 살고 싶었다. 각종 공모전에 기웃거리면서 콘크리트 담장의 담쟁이덩굴처럼 악착같이 부여잡고 버텼는데, 인제 그만 쉬고 싶다. 지친다.

끊임없이 도전했던 그 길이 허무한 시간처럼 느껴져 공허함이 가슴을 채운다. 출판사에서 일하는 동안, 글을 쓰겠다고 찾아오는 사람이나 이미 글을 쓰고 있는 사람도 만났지만, 글쓰기에 대한 막연한 내 바람은 점점 퇴색되어

갔다. 과연 저들의 삶이 행복할까? 하는 회의가 커질 뿐이었다.

고동현 작가와 그의 작품《다크 아이즈》에 대한 의견을 나누면서 소갈에 걸린 듯 행복에 대한 갈망이 자라났다. 행복에 대한 의문과 사유로 고심하던 중, 그에게서《다크 아이즈》초고를 마쳤다고 연락이 왔다. 등장인물들의 얽힌 서사를 한 올 한 올 풀어내며 창조주의 마음으로 에덴동산을 만들어 냈다고 했다. 그의 건조한 말투 너머로 지쳐 있는 그의 영혼을 느낄 수 있었다. 피곤함에 찌들어 까칠해진, 어린 아기 옹알이 같은 순수함이 보였다.
"행복했나요? 글을 쓰는 동안?"
"네."
일말의 망설임 없이 그는 대답했다.
"어떤 건가요? 그 행복은."
"모든 것을 부숴버리고 싶을 만큼 화도 나고, 무너진 갱도 속에 갇힌 듯한 절망감, 까마득한 절벽의 끝에 매달린 듯한 두려움…. 이 모든 격정의 소용돌이 속을 건너면서도 냉정한 시선을 유지하느라 피폐해졌지만, 그 속에서 생생한 감정의 진폭을 경험할 수 있었죠."

"무척 피곤해 보여요. 그 중압은 어떻게 감당하시는 건가요?"

"글을 쓴다는 것은 내겐 신경 안정제 처방 같은 겁니다. 글을 쓰지 않고서는 제 근원적 강박과 우울, 불안을 해소할 길이 없어요."

"작가님의 행복이란 고통의 대지를 뚫고 피어오른 검은 꽃 같군요."

"글쎄요. 절묘한 표현이네요."

"그렇다면 행복이란 건 시시하네요."

"그렇죠. 별거 아니지요. 행복해야 한다는 강박에 빠질 이유는 없답니다."

얼마 뒤 나는 출판사 일을 정리했다. 시베리아 횡단 열차를 타보기로 결심하고 블라디보스토크로 가는 배편을 예약했다. 가벼운 배낭에 연필 한 다스와 노트 몇 권을 챙겼다. 일단 내 삶과 이 정도만 타협해 보기로 했다.

데칼코마니

 이르쿠츠크역에서 내렸다. 바이칼 호수를 질리도록 지켜볼 요량이었다. 다행히 6월의 바이칼 호수는 온화했으며, 물가는 저렴하고 관광객을 대하는 지역 주민들은 친절했다.

 석양이 지는 저녁부터 어둠 가득한 늦은 밤까지 호수를 바라보았다. 바이칼 호수의 수평선과 밤하늘이 맞닿은 곳에서 펼쳐진 은하수는 소나타 선율이 그려진 악보처럼 보였다. 부드러운 바람 따라 음표들이 살아 움직이며 밤하늘의 별들과 멋진 변주를 시작한다. 옷깃을 여미게 하는 날카로운 바람이 부는 밤이면 관악기에서 날숨만 뿜어대듯 고막이 터질듯한 심포니가 들려오고, 미풍이 호수를 훑는 밤에는 피아노 협주곡이 가슴에 저며 든다. 나는 그렇게 매일 밤 연주되는 나만의 오케스트라를 마주했다. 첼로와 바이올린의 현란한 합주가 펼쳐지고 트럼펫 기수의 힘찬 팔 동작이 북소리를 탔다. 그 밤의 향연이 던지는 느낌을 나는 미친 듯이 써 내려갔다.

 "배고프다, 꼭 쌀밥 같지 않아?"

"맞다 맞아. 따스한 김이 아지랑이처럼 일렁이는 갓 지은 쌀밥 같아!"

바이칼 호숫가의 늦은 밤에 한국인의 목소리가 들렸다. 나는 그쪽으로 고개를 돌렸다. 두 여인을 보았다. 그들은 신발을 벗어 던지고 호수에 발을 담근 채, 호수에 비친 별을 손으로 떠내며 까르르 웃는다.

호숫가에 비친 성운을 보며 갓 지은 쌀밥이라니, 어지간히 쌀밥이 그리운가 보다.

"해연아, 발이 시리다. 이제 나가자."

"조금만 더. 아직 이렇게 별이 많잖아."

"먼저 나가 있을게. 나는 춥다."

호숫가에 앉아 있는 내 앞으로 여인이 지나간다. 발이 시린 듯 총총거리는 그녀의 발등에서 여릿한 흉터가 보였다. 희끄무레한 자국이다.

고개를 들어 그 여인을 쳐다본다. 그 여인도 힐끗 나를 바라본다.

눈이 마주친다. 참으로 아름다운 눈동자를 가진 여인이다.

그녀의 눈동자는 증류수로 적신 듯 맑게 빛났고, 동공은 갓 내려 뽑은 원두커피처럼 고왔다. 서로의 시간이 잠시 멈추었고, 모든 별이 침묵했지만, 내 심장은 쿵쾅거렸다.

In to the DARK EYES

그녀는 이내 호수 쪽으로 고개를 돌리며 조금 큰 목소리로 다른 여인을 불렀다.

"해연아! 그만 나와."

"알았어. 지금 나갈게."

잠시 후, 해연이라는 여인도 샌들을 양손에 쥐고 내 앞을 지나친다. 순간, 시간이 거꾸로 도는 듯 같은 장면이 반복되었다.

조금 전에 스쳐 갔던 그 여인이 다시 내 앞을 지나는 것 같았다.

나는 당황하며 두 여인을 번갈아 보았다. 그들은 가벼운 대화를 나누며 낯선 이방인을 쳐다보았다. 놀란 표정으로 그들을 바라보는 나를 의식했을까. 살짝 미소를 지어 보이는 그들의 모습이 아름다웠다. 바이칼 호수에 데칼코마니로 찍어낸 듯 은하수가 펼쳐졌고, 그들은 그곳에서 걸어 나온 두 마리 백조 같았다.

노트를 펼친다. 뭉뚝한 연필 끝을 꾹꾹 눌러 내 행복을 옮긴다.

별을 품은 여인을 보았다. 그녀는 거울 위에 서 있는 듯했다.

눈동자는 무척 맑고 차가웠기에 어둠 속에서도 빛이 났다.

어느 쪽이 거울에 비친 여인일까? 과연 그것은 중요한 명제일까?

그 여인의 눈빛을 마주한 이라면 위험한 사랑을 감내해야 하리라. 깨질 듯 위태로운 거울 속 그림자까지 품어야 하는 치명적 사랑을….

침묵 속에서 밀려오는 한없이 깊고 낮은 곳의 아늑함에 빠져든다. 머릿속에 맴돌던 러시아 민요가 멈춘다. 《다크 아이즈》와 함께했던 모든 추억은 저 호수 속 심연으로 가라앉았다.

이제 이곳을 떠나야겠다.

● 작가의 말

미스터리라는 낯선 영토

 미스터리 형식의 글을 쓰고 싶었다. 아직 시도해 보지 못한, 첫 도전이었다. 내가 그 세계를 노크하는 일이 가능할까? 글을 시작하기도 전에 주눅이 들었다. 하지만 나는 발을 내밀었다. 그 순간, 황야에 몸을 던진 것일지도 모른다. 돌이키기엔 이미 늦었다.
 미국추리작가협회에서는 미스터리 소설이 갖춰야 할 첫 번째 조건을 '반드시 범죄가 발생해야 한다.'로 정의한다. 그것이 의미하는 것은 단순한 범죄가 아니다. 인간이

겪을 수 있는 가장 끔찍한 범죄일수록 미스터리 소설은 성공할 가능성이 높다. 바로 살인이다. 하지만 《다크 아이즈》는 그 공식을 따를 이유가 없었다. 살인이 없었고, 따라서 범인도 없었다.

이 작품이 추리 소설과 같은 장르로 분류되길 원한 건 아니었다. 단지, 궁금증이 작품 전체를 관통하고, 시종일관 긴장을 자아내면서 사건이 발생한 이유를 밝혀가는 구조이면 만족했다.

끝없는 장벽

미스터리 소설은 장르적 특성에 따라 여러 갈래가 있다. 크게 분류하자면 추리물, 스릴러, 공포물, 본격 사회 미스터리 등으로 나뉜다. 내가 관심을 가진 형식은 추리물이었다.

전통적인 추리물은 후더닛(Who done it?)이라 일컫는 방식을 따른다. 사건(살인)이 벌어지고, 과연 범인은 누구이며 무슨 동기를 가졌는가를 서술한다. 나는 후더닛의 서술 형식을 따르기로 하고 플롯을 구상했다.

초점을 맞췄음에도 여전히 고심이 깊었다. 솔직히 말해, 이런 내 시도가 성공할 수 있을지 자신 없었다. 미스터리라고 하기엔 태생적으로 어울리지 않는 플롯이었고, 스토리를 끌고 나갈 힘도 부족했다. 나는 형식적 낯섦에서 해답을 찾으려 했다. 매 장마다 새로운 인물이 일인칭 화자로 서술하는 방식이었다. 각자의 진술이 반전을 일으킨다면, 후더닛 장르에 뒤지지 않는 매력이 흐를 것 같았다.

하지만 나는 좌절을 거듭했다. 그 이유는 다음과 같다.

1. 작품을 이끄는 동기가 관념적이다.
2. 지나치게 복잡한 설정이 가독성을 떨어뜨린다.
3. 작품 전체를 관통하는 핵심 주제가 모호하다.

이 문제들을 인지한 채로 집필을 시작했다. 과연 독특한 작품이 탄생할 수 있을까? 한 달 넘게 매일 절망하면서도, 나는 이 작품을 완성하기 위해 밤낮을 가리지 않았다.

또 하나의 눈

그렇게 고뇌에 찬 글쓰기를 하면서 생각해 낸 것이 있었다. 누군가에게 이 작품을 연재 형식으로 보여주자는 아이디어였다. 다행히 한 친구가 동의해 주었다. 나는 그를 최초의 독자이자 내 소설 전체를 꿰뚫어 볼 동반자로 삼았다. 작품을 완성하기까지 모든 과정을 그와 공유해야 했다. 작품에 대한 설명과 요약도 함께 보냈다. 그는 성실하게 자기 역할을 다했고, 그의 의견에 따라 작품의 방향이 바뀌기도 했다.

그러나 역시 쉽지 않았다. 거의 내 에너지가 바닥나는 시점에서 그는 중요한 메시지를 전했다.

"너의 글은 쓰는 행위 자체에 의미를 둘 뿐이야."

나는 반박할 수 없었다. 그렇게라도 글을 써야만 강박과 불안을 걷어내고 숨을 쉴 테니까.

글쓰기의 역설

지난봄, 내 작품을 발표할 소중한 기회를 얻은 후 4개월간 이 작품과 씨름했다. 최선을 다했다고 스스로 합리화하면서도 어딘가 흠이 된 건 아닐까, 하며 마음을 졸였다. 그럴 때마다 내 친구의 조언을 떠올렸다.

"독자를 믿고 네 글을 존중해!"

과연 그의 말은 무슨 뜻이었을까? 첫 번째 장을 완성했을 때 깨달았다. 나는 지나치게 일을 벌여놨다는 생각이 들었다. 30% 정도 쓰다가 원고를 뒤엎고 플롯부터 새로 짜기를 두 번 반복했다. 그 지난한 과정을 거쳐 겨우 초고를 완성할 수 있었다.

작품은 다듬을수록 더 좋아지기 마련이다. 하지만 내 작품은 그렇지 않았다. 사건을 명쾌하게 짜 맞출수록 오히려 긴장이 느슨해졌다. 이는 내가 의도했던 형식의 목적과는 다른 결과였다. 나는 거친 스토리가 일으키는 원시의, 날 것의 힘을 믿기로 했다.

끝나지 않은 질문들

《다크 아이즈》를 완성한 지금도 여전히 확신이 서지 않는다. 이 작품이 진정한 의미에서 미스터리인가?

어쩌면 답은 중요하지 않을지도 모른다. 중요한 것은 이 작품을 통해 내가 마주한 것들이다. 눈으로 보고도 믿을 수 없는 것들, 가장 가까운 사람조차 낯선 존재가 되는 순간들, 그 불투명한 벽 앞에서 결국 손을 뗄고 마는 인간의 본능들.

그 모든 것을 《다크 아이즈》 안에 담아내려 했다. 완전하지 않더라도, 때로는 모호하더라도, 내가 쓸 수 있는 가장 솔직한 이야기를 써 내려갔다.

독자 여러분이 이 작품을 읽으며 각자만의 답을 찾아가길 바란다. 그것이 내가 작가로서 품을 수 있는 최선의 희망일 것이다.

이 작품을 끝까지 읽어준 독자와, 집필 과정에서 귀중한 조언을 아끼지 않았던 벗들, 그리고 출간의 기회를 준 화성시 문화관광재단에 감사의 마음을 전한다.

2025년 가을 고동현

도서소개

고동현 지음 | 260쪽 | 14,000원

검은 바다

'가이아 이론'을 관통하는
생명체의 본질에 관한 소설

아열대 기후로 변한 한반도를 휩쓴 태풍과 쓰나미. 계엄령이 내려진 대한민국의 어느 바다. C군도에서 강중위는 난파한 대형 범선을 마주한다. 범선에 거주하는 인물들과 동고동락하며 강 중위는 비상식적인 그들과 점점 동화되는데…. 한국 사회에 들이닥친 '재난'을 현대인은 어떻게 바라보아야 할까? 자연재해로 마주한 생명순환과 인간사회의 본질을 파고 들었다.

도서소개

고동현 지음 | 368쪽 | 14,000원

타란텔라

갈망을 연주하는
붉은 선율의 끝

고동현 저자는 급변하는 한국 산업화의 순간을 온전히 살아온 사람이다. 낭만과 격변의 시대 속 그가 바라본 과거, 현재, 미래가 이 소설에서 촘촘히 펼쳐지고 있다. 타란텔라라는 경쾌한 무도곡의 리듬에 맞춰 격렬하게 춤을 추다 보면 어느새 음악이 끝나 있을 것이다. 서서히 퍼지는 독거미의 독처럼 독자를 사로잡는 매혹적인 이야기로 들어가 보자.

다크 아이즈

초판 1쇄 발행 2025. 10. 24.

지은이 고동현
펴낸이 김병호
펴낸곳 주식회사 바른북스

편집진행 임현정
디자인 양헌경
마케팅 송송이 박수진 박하연

등록 2019년 4월 3일 제2019-000040호
주소 서울시 성동구 연무장5길 9-16, 301호 (성수동2가, 블루스톤타워)
대표전화 070-7857-9719 | **경영지원** 02-3409-9719 | **팩스** 070-7610-9820

•바른북스는 여러분의 다양한 아이디어와 원고 투고를 설레는 마음으로 기다리고 있습니다.

이메일 barunbooks21@naver.com | **원고투고** barunbooks21@naver.com
홈페이지 www.barunbooks.com | **공식 블로그** blog.naver.com/barunbooks7
공식 포스트 post.naver.com/barunbooks7 | **페이스북** facebook.com/barunbooks7

ⓒ 고동현, 2025
ISBN 979-11-7263-625-8 03810

•파본이나 잘못된 책은 구입하신 곳에서 교환해드립니다.
•이 책은 저작권법에 따라 보호를 받는 저작물이므로 무단전재 및 복제를 금지하며,
 이 책 내용의 전부 및 일부를 이용하려면 반드시 저작권자와 도서출판 바른북스의 서면동의를 받아야 합니다.

•본 출판물은 회(양)룩레이 화성시문화관광재단 의 〈2025 화성예술지원〉사업 지원을 통해 제작되었습니다.